지구
끝에서

_ 류동희

1961년 강원도 횡성(현재는 원주시)에서 태어나
문학, 역사, 교육학, 경영학 등을 배워 문학박사 학위를 받았고
1998년 『문학세계』에 소설 「그저 그런」 작품으로 신인상을 받았고
1999년 제1회 공무원문예대전에 소설 「지구 끝에서」 작품으로 입상하였고
대학교육과 진로관련 2권의 저서가 있으며
교육행정공무원(서기관)을 거쳐
대학과 취업진로 전문교육기관에서
여러 사람들의 원하는 곳에서 보람있는 일을 하면서
행복하게 사는데 도움을 주기 위하여
함께 고민하면서 학습하고 있음

지구 끝에서

초판인쇄일	2014년 1월 20일
초판발행일	2014년 1월 20일
지 은 이	류동희
발 행 인	김선경
책 임 편 집	김윤희, 김소라
발 행 처	서경문화사
	주소 : 서울시 종로구 동숭동 199-15(105호)
	전화 : 743-8202, 8205	팩스 : 743-8210
	메일 : sk8203@chol.com
등 록 번 호	제300-1994-41호

ISBN : 978-89-6062-114-5   03800
ⓒ 류동희, 2014
* 파본은 본사나 구입처에서 교환하여 드립니다.
정가 : 10,000원

류동희 단편소설집

지구 끝에서

서경문화사

스스로에게

치기어린 편린을 모아
의미로 만들기 위해
엮어 봅니다.

잊고 살자 하면서도
여전히 가슴을 울렁거리게 하는 것들은 …

사랑과 고뇌는
언제까지나 사람의 몫이겠지요.

사람사는 세상의 따스함을 믿으며
어지러움을 정화하도록
노력하겠습니다.

2014년을 서울에서 맞으며
류 동 희 씀

목 차

지구 끝에서

지구 끝에서

드라이버, 납땜용 인두, 펜치, 볼트, 너트, 가위, 줄톱, 칼, 전기밥솥, 전자레인지 등 각종 공구와 실험용 모형기구들은 연구대 위에서 마치 저희들끼리 살아 움직이는 것처럼 어지럽게 흩어져 있고 실험용 모형기구와 연결된 컴퓨터 모니터 속에서 뚜벅뚜벅 위로 기어오르는 분석자료 화면들이 가지나 권태로운 몸을 한껏 비틀리게 했다.

회장님의 특별한 관심과 배려로 설치된 대형 에어컨의 찬바람은 줄기차게 연구실 안을 휘감아 돌고 있었지만 한여름의 더위와 공해가 뒤엉킨 바깥 기류로 인해 마음의 편안함을 갖기에는 역부족이었다.

"제기랄, 이런 날은 어디 강가에 가서 천렵이나 해야 제격인데."

강원도 두메산골이 고향인 윤박사가 혼잣말로 중얼거렸다. 그는 이사 대우를 받으며 이 연구팀을 이끌고 있었다.

"그럼요, 지 고향에서도 이런 날은……"

촉새 조박사가 말이 바닥에라도 떨어지면 먼지라도 묻을까봐 얼른 윤박사의 말을 받았다.

"그리고 보니 오늘이 벌써 토요일이군, 잊은 지는 오래지만."

전기 부문의 김박사가 의자에서 몸을 곧추 세우며 기지개를 켰다. 우리에게는 별로 의미가 없는 날이지만 김박사로 인해 새삼 요일을 확인하며 나른해진 눈길은 창문 밖을 바라보았다. 이 연구소는 공장 내에서 가장 한적한 곳에 만들어지긴 했지만 워낙 조경이 안 되어 있어 밖은 온통 회색투성이였다. 회사의 대형 컨테이너 트럭 한 대가 막 정문을 들어서고 바로 옆의 공사장에서 묻히고 온 푹석푹석한 개흙먼지가 그 뒤를 따랐다.

서울의 위성도시에 만들어지고 있는 전자공업단지 내에 선순위로 들어온 K전자 연구센터에서는 내수시장은 물론 세계 시장을 석권한다는 거창한 기치를 내걸고 세계인이 함께 쓰는 다목적 요리 기구를 만들기 위해 총력을 다하고 있는 중이다. 위대한 경영인이며, 아이디어 뱅크라고 자처하는 김일수 회장이 아프리카 여행 중 어느 원시 부족의 조리 모습에서 기발하게 착상한 것을 실행하고 있는 중이다. 그에 따라 S대 연구팀에 설계를 용역하고 K전자에서는 모형제작과 실험을 위하여 기계, 전자, 전기 등 합동 연구팀이 구성되었다.

찌리리리……

허리띠에 붙어있는 전자감지기가 밖에서의 호출을 알렸다. 연구실 안에는 집중력에 방해가 된다는 이유로 전화가 설치되어 있지 않아 호출할 필요가 있을 때는 최첨단 전자장치를 이용했다. 하지만 미국에서 흉악범이 발광을 할 때 마다 쉽게 제압하기 위해서 사용하고 있다는 전자 허리띠를 차고 있는 것만 같아 매번 기분이 좋지 않았다.

총무부로 이어진 통로로 나오자 습기 없는 더운 기운이 훅 느껴져 왔다.

"자. 이거."

내게 청혼을 거절당한 장미숙의 뒤틀리는 심사를 손끝으로 느끼며 멋쩍게 엽서를 건네받았다.

윤석에게
세상이 초록빛으로 물들면 초록으로 살고…….
세상이 검정빛으로 물들면 검정으로 살고…….
바람이 불면 그대로 바람을 맞이하자.
그 바람이 세면 그로인해 고개를 숙이자.
그러나 아주 쓰러지지는 말자.
우리가 만나지 못했던 길지 않은 시간의 공백 속에서
그대는 어떻게 변화하고 있는지.
조그만 시골 중학교에서 아이들을 고등화시키고 있는 나는
아주 잊혀질까 두려워 소식 전하네.

7. 20
운남에서 원희 씀

　서울 본사를 거쳐 전달된 탓에 보낸 소인 날짜에 비해 늦게 전달이 된 것 같았다.

　"옛날 애인인가 보죠?"

　아직까지 가지 않고 옆에서 입술을 실쭉거리는 장미숙에게 긍정도 부정도 아닌 눈빛을 흘리며 원희에 대한 감정을 추슬렀다.

　"나쁜 놈."

　원희에 대한 반갑다는 감정은 저절로 욕이 되어 표출되었다. 그는 5년 전 홀연 서울에서 자취를 감추었고, 내가 알고 있는 그 누구도 그의 행적을 알지 못했다. 항시 우리는 그에게 그러고도 남으리라 여기고 있긴 했지만 바람결로나마 소식이 전해지길 항시 기대하고 있었다. 그런데 5년 만에 엽서에 실려 그가 달려왔다. 울컥 그가 보고 싶어졌다. 아니 그의 생존을 생생하게 확인하고 싶었다. 하지만 엽서 뒷면에는 '운남중

학교 양원회'라고만 적혀 있었다. 다행히 정선우체국 소인이 찍혀 있었다. '정선이라면 강원도에 있는' 언젠가 태백산 가는 길에 기차를 타고 가며 지나친 기억이 났다.

"아이고, 석석사니-임 이거 같은 지붕아래 살면서도 오랜간만입니다."

먼저 휴게실에 와 있던 대머리 총무부장이 연구소에 몇 안 되는 석사를 견주어 비아냥거렸으나 오늘은 그리 고깝게 들리지 않았다.

"전화 좀 할 데가 있어서."

"아! 참. 오늘이 토요일이지. 어디 예쁜 애인이라도 숨겨놨소. 하긴 석석사니-임도 이제 총각 신세 면하셔야지. 나처럼 대머리되기 전에 ……."

"아니 그게 아니라 ……."

"하여간 좋은 일 있으면 같이 좀 즐기고, 그게 아니면 우리 총각들이 거국적으로 단합하여 처녀들을 공략해 봅시다. 하하하."

그는 이내 사람 좋게 웃었다. 몇 번이나 허탕을 친 끝에 겨우 청량리역 안내원과 통화가 되었다. 정선에 가려면 태백선을 타야하고 그 기차는 12시에 출발하는 통일호라고 다분히 신경질적으로 안내를 해 주었다.

"아니, 정선 그 산골에 가시게?"

대머리 총무부장이 또 끼어들었다.

"친구 좀 만나러."

"아! 애인이 그렇게 먼데 있어서 우리가 몰랐구먼. 그런데 거기 사는 사람들은 좀 시꺼멓다던데. 우리 석석사니-임 애인은 안 그렇겠죠?"

그에게 더 이상 대꾸하지 않고 공학관련 잡지사에 근무하는 준태에게 전화를 걸었다. 그는 마침 자리에 있었다.

"그렇지 않아도 벌써부터 너에게 전화하려던 참이었는데, 너 같은 대단한 연구원님하고 전화하려면 르네상스 시대에 지중해 건너는 비둘기 통신 같아서 원."

준태는 누가 기자 아니랄까봐 빈정거렸다.

"빌어먹을 놈, 네 놈같은 대기자가 소인에게 무슨 용건으로"

"야! 그게 아니고 무색인 그게 살아 있나봐"

"어! 너한테도 엽서가 왔니?"

원희는 호적상의 이름보다는 대학 시절부터 우리에게는 무색인으로 통용되었다. 누구의 입이 먼저인지는 모르지만 도무지 그의 마음의 본색을 가늠해 볼 수 없다는 유래만은 분명했다.

"우리 오늘 정선으로 무색인 만나러 가자. 기차는 청량리역에서 12시에 있대."

"뭐! 오늘, 난 안 돼. 나도 가고는 싶지만 다음 달 호 편집 마감 때문에 눈코 가려서 뜰 새도 없어. 석영이한테나 전화해 봐."

"그래 알았다. 그 잘난 삼류잡지 엉터리 기자질 해 먹느라고 고생 많다."

"허우대 멀쩡한 놈이 밥통이나 만들면서 사돈 남말 하듯 하지 말고 …… 어쨌든 미안하기는 미안 한 것 같다. 갔다 와서 소식이나 전해 다오."

건설기계 오퍼상을 하고 있는 석영에게 전화를 걸었다. 석영도 무색인에게서 엽서를 받았다고 무척 반가워했지만 오늘 오후에 중요한 구매자와 대형 상담이 있어 정선에 가지 못함을 자못 미안해했다. 몇 군데 전화를 더했지만 승한이는 이미 여름휴가를 떠난 후였고, 경수는 오늘이 장모 생일이라고 공처가 티를 냈다.

'쳇. 별 볼일 없는 놈은 나뿐이군.'

혼자라도 떠나기로 마음먹었다. 뒷주머니를 툭툭 쳐보니 돈이 좀 있긴 했지만 경리부에 있는 자동지급기에서 현금서비스로 돈을 인출했다.

"저 나이에도 현금서비스 받나. 하여간 오늘 좋은 일이 있긴 있나 보네."

언제 뒤에 와 있었는지 장미숙이 빈정거렸다.

연구실로 돌아가 팀장인 윤박사에게 사정 이야기를 하고 연구소를 나섰다.

부리나케 차를 몰아 안산역에서 전철로 갈아탔을 때 벌써 10시 반을 넘고 있었다. 조금은 예상하고 있었지만 청량리역에 도착하자마자 역 광장에 늘어선 인파로 인해 주눅이 들었다. 때가 마침 피서 철이라 물 맑고 산 좋은 강원도 쪽으로 가려는 사람들이 구름같이 모여서 웅성거리고 있었다.

헐떡거리며 역구내로 들어가 시간표를 보았다. 아까 전화로 알아 본 대로 12시에 통일호, 15시에 무궁화호가 있었다. 안내 창구로 갔다.

"저, 정선까지는 통일호로 몇 시간이나 걸립니까?"

"6시간이요."

더위와 사람에 지친 안내 아가씨는 기계적으로 대답했다.

"통일호는 완행인가요? 급행인가요?"

그녀가 찔끔 내 얼굴을 보았다. 한 번 물어보는 것이 원칙인데 왜 두 번씩이나 물어 보느냐는 듯 무척 짜증스러워 보였다. 아니면 이북에서 어제 왔기 때문에 그것도 모르냐는 듯 멸시에 찬 눈초리를 내리깔고 빠르게 대답했다.

"완행열차요, 역마다 모조리 서는."

무궁화호에 대해서도 묻고 싶었지만 지금 떠나기로 작정을 하고 표를 사기 위해 맨 뒤의 줄에 섰다. 거의 20여 분이 지나 기차 출발 직전에야 겨우 표를 살 수 있었다. 땀으로 속옷이 달라붙다 못해 바지 위까지 땀이 차올라 몸을 더욱 흐느적거리게 만들었다.

두어 번 기적을 내뿜은 열차는 서서히 서울을 벗어나기 시작했다. 다행히 화장실 앞이긴 했지만 승무원이나 홍익회원들이 주로 이용하는 창고 같은 공간에 자리를 잡았다. 옆에 서 있는 중년 사내도 더위로 인해 숨을 헐떡거렸다. 역이라고 생긴 곳에는 모조리 서기 때문에 지루하고 짜증스럽기는 했지만 그래도 서울을 빠져나가자 푸른 산도 보이고 시원하게 흐르는 큰 강을 건너기도 하여 약간에 불과했지만 상쾌함과 시원함이 스멀스멀 온 몸으로 퍼져갔다. 좀 살 것 같았다.

무색인. 나를 만나는 그는 무슨 표정을 지을까. 그 때 그와 연관하여 장정석, 아니 쵸이가 머리에 떠올랐다. 중요한 무엇을 잊고 있다가 갑자기 떠오른 듯 머리가 멍해져 왔다. 무색인을 만나면 쵸이에 대해 어디서부터 전해야 할까. 쵸이가 결혼했다는 이야기를 들으면 아무리 감정적 표현을 선천적으로 절제할 수 있는 무색인이지만 색을 드러내겠지.

우리가 S공대 기계공학과에서 만난 지 벌써 10여 년도 넘게 세월이 흘렀다. 우리보다 훨씬 낮은 점수로 입학을 한 문리대 놈들이나 철부지 여학생들이 하이 공돌이 지망생들이라고 부러움 반, 시샘 반으로 말했지만 우리는 첨단의 기계로 인류 발전을 선도해 나갈 공학도였다. 하지만 우리는 겸손하게 스스로를 공돌이라고 부르기를 주저하지 않았다. 진정 바보는 스스로를 바보라고 말하지 않는 것이 철칙이라고 하듯이.

39명의 공돌이와 1명의 공순이가 같은 학번을 부여 받았다. 어려서부터 신동 소리 안 들어 본 놈이 없고 초·중·고등학교를 다니며 1등 안 해본 놈이 없는 명석한 두뇌와 자존심으로 똘똘 뭉친 기계공학과, 아니 전 S공대에서 무색인과 쵸이는 입학한 지 얼마 되지 않아 스타덤에 올랐다. 무색인은 외모부터가 공대와는 성격을 달리하고 있었다. 40kg에서 거의 오차가 없을 것 같은 호리호리한 몸매, 자세히 살펴보면 산천어 같이 실핏줄까지 보일 것 같은 하얗고 투명한 얼굴, 특히 그의 손가락은 여자보다 가늘고 길었다. 그 손은 기계를 다루기보다는 피아노 건반이나 바이올린을 잡는 것이 훨씬 잘 어울리고, 아마 산부인과 의사였다면 가장 진료를 잘 하는 의사가 되었을 것이다. 또한 그의 행동 자체도 일반적인 사내들의 속성과는 근본적으로 달랐다. 힘껏 밟으면 땅이 꺼질세라 항시 고시원 앞을 지나는 것처럼 걸었고, 이빨이 그렇게 못생긴 것도 아니고 입냄새도 보통 사람 수준임에도 손으로 입을 가리고 말했다.

반면 쵸이는 사내들이 우글거리는 기계공학과의 홍일점이라는 가점을 부여한다 해도 선정적이고 매력적인 달콤한 상상을 하기에는 너무나도 거리가 멀었다. 얼굴의 선은 임꺽정처럼 굵었고, 온 몸은 고루고루 무게가 나갔다. 그 무게는 무색인의 두 배는 실히 되고도 남았다. 우리는 그 때 확실히 그녀를 통해 느낄 수 있었다. 말은 뱃심에서 나오고, 그 뱃심은 체격과 비례한다는 것을 …….

남자 이름 같기는 하지만 장정석이라고 불리기보다는 쵸이라는 별명이 전 공대를 휩쓸게 된데도 고상한 척이라도 하지 않는 쵸이의 말버릇에서 나온 자업자득이다.

그녀는 심사가 뒤틀리거나 누군가 마음에 안 드는 행동을 하면 시간과 장소를 가리지 않고 서슴없이 통상언어가 되어 튀어 나왔다.

"쵸우같이 놀고 자빠졌네."

쵸우가치에서 음운 변형하여 쵸우가이에서 중간 두자를 생략하고 서구식을 가미하여 나온 것이 쵸이였다. 그 말은 신입생 환영회 때부터 나온 말 이었다.

　여자가 블라우스나 티셔츠 단추를 한 개 풀고 다니면 지성, 두 개 풀면 야성, 세 개 풀면 실성이라는 데 그녀는 거의 야성적이었고 실성할 때도 많았다. 유행은 아는 지 티셔츠 아래 자락은 항시 허리에 질끈 비끌어 매고 다녔다. 누군가 작정하고 조금만 노력 했더라면 열려진 단추 사이로 무엇 정도는 볼 수 있었겠지만 아무도 실행하지는 않았다. 쵸이의 위압적인 자세 때문이기도 했지만, 공대 바람둥이었던 김병만 조차도 그녀에게서 여자임을 느끼지 못한다고 대중 앞에서 고해성사를 했다.

　"잠시 승객 여러분들께 죄송한 안내 말씀 드리겠습니다. 당 역에서 열차 교행관계로 잠시 정차하겠사오니 안전한 차중에서 잠시 기다려 주시기 바랍니다."

　여객전무의 말소리가 스피커를 통해 나가자 가지나 불만 많은 승객들의 심사를 건드렸다.

　"제길 완행열차는 이게 더럽다니까. 급행열차, 화물열차 다 비켜주고."

　"야! 누가 완행열차 타랬냐. 소나타 타고 다니지."

　10여 분간이나 정차한 기차는 다시 긴 꼬리를 달고 육중하게 움직이기 시작했다.

　"하여간 완행열차는 세월이 가도 변하는 게 없다니까."

　무색인의 옆구리에는 항시 전공과는 관계없는 책들이 꽂혀 있었다. 주로 철학이나 문학에 관한 영어나 독일어 원서들이었다. 실제로 그는 그 방면에 실팍한 지식을 갖고 있었다. 평소에는 별로 말이 없지만 소주 몇 잔이 들어가면 곧잘 이야기를 했다. 그러다가 특히 우리가 그의 전공이라고 못 박아 준 문학에 관한 이야기가 나오면 더듬거리기는 하지만 쩨나 장황하게 설명을 하곤 했다. 그 내용의 깊이는 말하는 것이 헛 지식이 아님을 충분히 느끼게 해 주었다. 처음에는 무색인을 무시하고 업신여겼던 친구들도 그의 이야기를 듣다보면 저절로 고개를 끄덕이곤 했다. 그에게 당장 교수라는 직함을 주어 우리들 앞에서 강의를 하게 한다 해도 그에게 존경을 표시하지 않을 수 없을 것이다. 최소한 문학이나 철학의 범주 안에서는 그랬다.

그는 때때로 학보에 번역물이나 시를 발표하기도 했고 훨씬 후에 안 일이지만 전문 시잡지를 통해 등단한 시인이기도 했다.

"야! 무색인 너 같은 놈이 왜 공대로 왔냐?"

"응. 그냥 좋아서."

"좋긴 뭐가 좋아. 너 같은 놈은 문리대나 음대 같은 데 가서 여학생들 사랑이나 한 몸에 받고 살지. 여기는 여자라곤 저런 무지막지한 쵸이 밖에 없으니."

쵸이에 대한 불경스런 표현을 한 녀석은 오늘 따라 말없이 소주만 홀짝거리고 있는 쵸이의 돌출 행동에 대한 기대 반, 우려 반으로 긴장하지 않을 수 없었다. 최소한 쵸이의 어원을 상기시켜 줄 순간이기 때문이다. 하지만 쵸이는 의외로 말을 한 녀석을 노려볼 뿐 추가 동작은 없었다. 다행이면서도 싱겁게 느껴졌다.

전공과목 수강이 많아지면서 우리는 무색인에 대해 애틋한 걱정을 했다.

"아마 무색인이 이번 학기를 끝으로 학교를 그만 두게 될 지도 몰라."

"왜?"

"왜긴 왜냐. 무색인이 전공에는 별로 관심이 없는 것 같은데 제대로 공부를 할 수 있겠니. 지가 아무리 머리가 좋아도 교양 과목은 그냥 그렇게 넘어 갔지만."

우리들의 성급한 판단은 그 학기가 끝나자 완전히 깨어져 버렸다. 무색인은 전공과목에서도 기계공학과의 자존심을 확고하게 유지해 주었다. 일부 교수들은 그의 천재성에 대해 수업 시간에 노골적으로 편애를 드러내기도 했지만, 우리는 그것에 대해 비판할 만한 근거를 마련하지 못했다.

'졌다. 녀석은 보통 놈이 아니야.'

쵸이는 생활이나 학점이나 위태롭기는 했지만 여전히 학교에 잘 나오고 잘 떠들어댔다. 그녀는 수단과 방법을 가리지 않고 학점을 따기 위한 점수의 화신 같았다. 기본적으로 전 책상을 노트화 했고, 부수적으로 전 종이의 컨닝페이퍼화였고 그래도 안심이 안 되면 최후의 발악으로 교수 연구실을 찾아 아양을 떨었다.

"야! 학점이 뭔지 쵸이가 완전히 사람 잡는구나, 아마 교수는 쵸이가 또 찾아 올까봐 겁이 나서 학점을 줬을 거야. 여하튼"

졸업에 필요한 쵸이의 최소한의 학점은 이렇게 채워져 갔다. 남학생들과 어울려 학사주점에서 술을 마시다 쵸이는 뭐가 그렇게 불만이 많은 지 운동권도 아니면서 그들의 구호를 들먹여가며 불특정 다수를 향해 욕을 잘 했다.

소란스러운 웅성거림에 잠에서 퍼뜩 깨었다. 열차의 벽 한 귀퉁이에 기대고 잠깐 잠이 들었었다. 객실 저 안쪽에서 싸우는 소리가 들렸다. 누가 싸우는 지 사람들에 가려서 보이지는 않았지만 복잡한 가운데서도 한 군데로 사람들이 몰려 있는 것이 보였다.

"이 더운데 쌈질은 무슨 쌈질이야. 힘이 항우 장산가."

"지루한데 쌈이라도 해야 재미있지"

그러나 싸움 구경거리는 오래가지 않았다. 급히 달려온 공안원이 화해를 시킨 모양이다.

"왜 싸웠대?"

"응. 다른 게 아니라 어떤 사람이 의자에 앉아 있다가 화장실 다녀오는 사이에 아주 내려 버린 줄 알고 다른 사람이 앉았는데 그 사람이 돌아와 자리를 내 놓으라고 하는 바람에 기차를 전세 냈느니, 니 자리로 등기해 놨느니 하면서 싸웠대."

"원 별거 아닌 거 가지고."

"별거 아니긴. 세 시간도 넘게 서 있으면 다리가 뻐근하지."

그들은 이내 홍익회 수레를 멈추게 하여 소주를 샀다. 완행열차 안에서는 흔히 볼 수 있는 모습이기에 이내 차내는 원래의 모습으로 되돌아왔다.

긴 하품을 하며 손목시계를 보았다. 3시 15분. 기차는 신림역에 멈추어 있었다. 반 이상은 온 것 같았다.

무색인과 쿄이의 그 일은 우리들에게는 굉장한 사건이었다. 3학년 때 따뜻한 봄날을 잡아 과 MT를 남이섬으로 갔다. 언제나 그렇듯 학문탐구의 연장이라는 허울은 일찌감치 벗어 버리고 술타령이 벌어졌고 오후가 되자 꽤나 많은 취기가 몸을 휘감고 돌았다. 무색인도 꽤 마셔 고개가 45도 각도로 기울고 있었지만 쿄이는 아예 혀끝이 빙빙 돌고 있었다. 그 때 갑자기 쿄이가 무색인에게 무거운 눈길을 보내며 빠르게 말했다.

"야! 무색인 너 임마 남자냐. 너는 여자를 정복하고 싶은 생각도 없냐? 즉 여자에 대한 도전의식 같은 것도 없니. 빙신."

야, 쵸이. 무색인에게 설사 그런 감정이 있다 해도 그 대상이 너는 절대 아니야. 우리는 속으로 외치며 쵸이에게 싱거운 눈빛을 보냈다.

사실 시험 때 마다 많은 신세를 진 탓인지 평소 쵸이가 무색인만은 대우해 주려는 기색이 역력했었다. 그러나 오늘은 쵸이의 언성이 더 높아져 갔다.

"야! 너도 임마 남들처럼 같이 즐거워하고 같이 슬퍼해 봐. 쟤네들처럼 그런데도 가보고 그래. 혼자 고상한 척 하지 말고, 떨쳐버릴 건 일찌감치 떨쳐버려."

갑자기 그런데 가는 놈들로 손가락질을 당한 우리들은 이구동성으로 외쳤다.

"난 아니야."

"아니긴 뭐가 아니야. 난 여자지만 네 놈들 속성을 다 알지. 청바지 입은 여학생 엉덩이만 봐도 불끈불끈 하는 것들이. 쵸우가치 시치미 떼고 자빠졌네."

그때 무색인이 벌떡 일어나 쵸이에게 다가갔다. 무색인 특유의 무표정한 얼굴이 일순 일그러지며 쵸이의 멱살을 잡았다. 그 바람에 쵸이의 블라우스 단추 두어 개가 후두두 떨어졌다. 우리는 일제히 긴장하며 무색인의 신변 안전에 대한 우려의 눈빛을 보냈다. 최소한 쵸이가 일어나 무색인을 안고 쓰러지기만 해도 그의 신체는 당분간 제 기능을 발휘하지 못하리라. 일제히 일어나 두 사람 사이로 끼어들려는 사이 무색인의 주먹이 쵸이의 넓은 볼따구로 날아들었다. 무색인에게 무슨 힘이 갑자기 실렸는지 쵸이의 코와 입에서 검붉은 피가 주르르 흘렀다.

왠지 통쾌한 감정이 들었지만 쵸이의 다음 행동이 걱정되었다. 무색인은 아무렇지도 않게 다시 자리로 돌아와 앉았고 쵸이는 손바닥으로 얼굴을 가린 채 고개를 숙였다. 일순 침묵이 흐르고 누군가 쵸이에게 손수건을 내밀었다. 손수건을 받아 대충 얼굴을 닦은 쵸이는 무색인을 한 번 노려보고는 자리를 떴다. 쵸이는 다시 자리로 돌아오지 않았고 우리는 의기양양하게 술을 마셨다.

"야! 무색인 너 보통 남자가 아니구나."

우리는 그가 대견하다는 듯 추켜세웠다. 그러나 무색인은 왠지 슬픈 표정으로 거푸 술만 들이켰다.

이튿날 기계공학과는 물론 온 공대가 무색인의 무용담으로 술렁거렸다. 심지어는 다윗과 골리앗의 싸움에 비유하여 무색인이 쵸이를 한 방에 때려잡았다는 부드럽지 못한 표현들도 많았다. 교수 휴게실에서 조차도 화젯거리가 되었다.

단지 설에 불과했지만 쵸이의 프러포즈를 무색인이 거절했다고 누군가 조심스럽게 논평을 했다.

그러나 무색인은 여전히 헤세의 시집을 끼고 아무렇지도 않게 돌아다녔고, 쵸이의 모습은 학교 안 어디에서도 볼 수 없었다. 삼일 만에 쵸이는 전과 같은 모습으로 강의실에 나타났다. 살기등등해졌다던가, 풀이 잔뜩 죽었을 것이라는 우리들의 기대는 일단 깨졌다.

"무색인. 그래도 때린 건 너니까 네가 가서 사과해. 형법상으로 봐도 네가 더 죄가 많거든."

우리는 장난스럽게 무색인과 쵸이의 화해를 종용했지만 최소한 우리가 보는 앞에서 그것이 실행되지는 못했다. 하지만 며칠 후 그들로 인해 캠퍼스가 다시금 술렁거렸다.

"야! 무색인과 쵸이가 포옹을 했대."

"어디서."

"뒷산 쉼터에서."

"니가 봤냐?"

"아니 내가 본게 아니고 전자과 학생이 어제 밤에 도서관에서 공부하다가 바람 쐬러 뒷산 오솔길을 걷다가 무슨 소리가 들리길래 자세히 들어 봤더니 뭔가 잘못을 비는 여자의 목소리가 들리더니 이내 말이 없더래. 그래서 좀 더 가까이 가서 보니까 무색인과 쵸이더래. 조금 멀긴 했지만 걔네들 체격이 특수하니까 쉽게 식별할 수 있더래."

우리는 완전히 믿을 수는 없었지만 그 모습을 상상하며 실제가 아니기를 바랐다. 거대한 암고릴라와 앳된 숫원숭이의 포옹.

그러나 우리들의 혼란스러움은 실제가 되어 나타났다. 무색인이 있는 곳이면 어린 동생 앞세운 둘째 누나처럼 쵸이가 뒤따랐다. 평소 동구 밖 상엿집 옆처럼 지나치기만 하던 도서관에서도 쵸이를 종종 볼 수가 있었고, 식당에서는 음식물 섭취량도 현저하게 줄어들었고, 그 싸가지 없는 말투도 정선된 언어로 순화되어 갔다.

어느 날 학교 앞 할매집에서 막걸리를 마시며 무색인에게 쵸이의 여성 환원기에 대해 물었다. 쵸이를 사람으로 되게 한 진한 러브스토리를
…….

그러나 무색인은 역시 그답게 엷은 미소를 지으며 그저 그냥 하고 얼버무렸다. 그러나 우리는 더 이상 물을 수가 없었다. 빙긋이 웃으며 우리를 째려보고 있는 쵸이의 얼굴에는 그 옛날의 공포가 아직도 남아 있었기 때문이었다. 어쨌든 그녀는 아직도 완전히 분해되지 않은 폭발 가능성이 내재하고 있는 폭탄이었다.

어느새 우리는 4학년이 되었고 각자 취직이나 대학원 진학을 위한 시험 준비에 몰두했다. 그러나 무색인은 시험 같은 것에는 달관했는지 그저 변함없는 생활로 일관했다. 하긴 그 꺼벙한 모습 때문에 면접이 문제이긴 했지만 필기시험이라면 어느 시험이고 무난하게 통과될 실력

을 그는 가지고 있었다. 이제는 무색인과 쵸이가 같이 다니는 모습은 자연적으로 동화되어 이야깃거리도 되지 못했다. 겉모습이야 어쩔 수 없지만 쵸이의 행동거지는 이제 완전한 여자가 되어가고 있었다.

"무색인이 인간 하나 재창조했구나."

"아니지. 오히려 쵸이가 음양의 조화를 일궈내고 있는 거지."

하긴 무색인도 인제는 더러 세련된 농담도 하고 모습은 점점 양지를 향하고 있었다.

"야! 무색인이 그나마 쵸이를 통해서 여자를 알게 된 거야."

그러나 우리들 사이에서는 아직까지도 그들이 결혼까지 하리라는 상상은 별로 하지 않았다. 만약 그들이 한 쌍으로 맺어진다면 그것은 희화화된 비극일 뿐이었다.

"암. 비극이지 쵸이가 아무리 여자다워졌다고는 하지만. 우선 체격상으로도."

"그럼. 조물주도 짝은 알아서 만들었을 텐데."

"두 사람이 설마 결혼까지야. 조상님들이 굽어보고 계신데."

그들은 이러한 추측들을 시인도 부인도 하지 않은 채 졸업을 했다. 무색인은 공대를 수석으로 마치고 대학원 진학을 권유하는 교수들의 간곡한 설득을 만류하고 엉뚱하게도 입시학원 국어 강사로 들어갔다.

"야! 왜 하필이면 학원 강사냐? 공돌이가 되기 싫으면 너의 그 유창한 외국어 실력이나 살려 보지."

"난 우리말을 사랑해."

간단명료한 그의 대답은 항시 부연설명이 없었다.

기차는 벌써 증산역에서 태백선과 갈라져 지선인 정선선 선로를 달렸다.

쵸이는 어느 잡지사 기자로 가고, 나머지 친구들은 직장으로, 대학원으로, 군으로 뿔뿔이 흩어졌다. 나는 방위병이 되어 고향 면사무소로 가고 무색인은 특례보충역으로 군역을 면제 받았다.

내가 지방대학 대학원을 마치고 다시 서울로 올라와 취직을 한 다음부터는 동창 모임자리에서 무색인을 더러 볼 수 있었다. 그때 무색인은 학원 강사를 그만 두고 종합무역상사에 근무하고 있었다. 그 뛰어난 외국어 실력과 기계에 대한 전문지식을 인정받아 특채되었다는 것이다. 그의 변신에 대한 이유는 간단했다.

"뭐 그저 다른 이유는 없고 그냥 새로운 일을 하고 싶었어."

"그래 잘 선택했다. 네 능력 정도라면."

우리는 그의 결단을 칭찬했고, 그는 바쁘고 활기찬 상사맨으로 변화되고 있는 것 같았다.

종합무역상사에 잘 적응하고 능력을 인정받았는지 기획실에서 중요 업무를 담당하는 과장 대우가 되어, 말단에서 허덕이는 동창생들의 부러움의 대상이 되었다.

"역시 무색인은 별종이야."

무색인에게 쵸이에 대해 물으면 '그저 그냥 만나고 있지' 하는 간단한 안부밖에 전해들을 수 없었다. 더러 쵸이와 같이 만나기도 했지만 그녀는 어느새 마음이 초연해진 노처녀가 되어 '시집 그거 가야지' 하는 농담 밖에 들을 수 없었다. 서울에 계속 눌러 있던 준태와 석영도 그들의 관계는 오리무중이라고 했다.

얼마 후 동창들 사이에서 무색인과 쵸이의 관계가 종치기 일보전이라는 근원도 알 수 없는 소문들이 떠돌았다.

"무색인과 쵸이가 아주 헤어지고, 그 때문에 무색인이 잘 나가던 회사를 그만 두고 사라졌대."

"왜 헤어졌대?"

"글쎄, 쵸이네 집에서 반대했다는 이야기도 있고, 무색인이 무슨 말 못 할 병에 걸렸다고 하기도 하고. 하여간 뭔가 문제가 있나 봐."

혹시나 하는 기대로 무색인의 회사로 전화를 했으나 한 달 전에 회사를 그만 두었다는 것밖에 알아 낼 수 없었다. 같이 근무하던 회사 사람들도 그의 거취에 대해서는 아무것도 아는 게 없었다.

잡지사는 그만 두었고, 집까지 이사를 했기 때문에 쵸이와의 연락도 끊겨 있었다. 몇 번의 동창 모임이 있었지만 무색인이나 쵸이는 나타나지 않았고, 그들은 각자의 바쁜 생활에 묻혀 잊혀 갔다.

얼마 후 동창생 몇 명이 모교 교수들에게 신년 인사를 갔다. 한 교수 연구실에서 이런저런 이야기를 나누다 일어서려는 우리들에게 고개를 갸우뚱하며 말했다.

"참, 장정석이라구 알지. 자네들 학번 정도일 텐데."

"예. 동창생인데요."

우리는 합창하는 것처럼 일제히 대답을 했다.

"나에게 청첩장이 왔더군."

"예."

한 교수는 책상위의 자료 더미를 뒤적거리며 청첩장을 찾아냈다. 우리는 내심 혹시나 하는 기대감을 갖고 바르르 떨리는 손끝으로 준태가 청첩장을 받아 들었다. 신랑의 이름은 전혀 생소했다.

"아마 신랑이 육군 대위라고 하지."

"예."

우리는 맥이 스르르 풀렸다.

"그런데 저희들에게는 아직 청첩장이 안 왔는데요."

"그래. 나는 정석이 아버지가 보냈더군. 장열모 박사가."

장열모 박사. 우리는 눈이 휘둥그레져 다시 청첩장을 들여다보았다.

"아니 그럼 요즘 신바람 이론으로 공학계의 변화를 주도하고 있는 미래공학의 장열모 박사님이 쵸이, 아니 장정석의 아버지?"

"자네들 모르고 있었나? 나하고는 이 대학 동창이지."

우리가 대학에 다닐 때 쵸이는 아버지에 대해 그저 미국 유학 중이라고만 했었다.

"아! 참 양원희라고 이름도 모습도 여자같이 생긴 친구도 자네들 또래지?"

"예."

"참 머리가 좋은 학생이었는데, 지금은 뭘하지?"

"얼마 전까지 종합상사에 근무하다가 요즈음 연락이 안 되고 있습니다."

"그래 좀 괴짜 끼가 있지, 보면 연락 좀 하라고 그래."

쵸이의 결혼식에는 동창생 대표 격으로 석영이 참석했는데, 그저 그랬었다고 헐렁하게 소감을 전해 주었다.

"다음은 정선역입니다. 약 5분간 정차하겠사오니 잊으신 물건 없이 안녕히 돌아가시기 바랍니다."

기차에서 내리자 고원지대의 서늘함이 기분을 즐겁게 했다. 역 앞 가게에서 사이다를 사 먹으며 운남에 관해 물어 보았다.

"여기서 한 삼십 리 되는데 버스가 띄엄띄엄 있어서 한참을 지대리셔야 될 텐데. 참! 잠깐만유, 옆집에 가서 시간을 알아다 드릴께유."

마음씨가 좋아 보이는 주인 아주머니가 바깥으로 나갔다가 이내 돌아왔다.

"아이구 이걸 어쩌나 여덟시 막차밖에 없다는데유. 택시를 타면 비쌀텐데."

밖으로 나와 역 앞 도로에 서 있는 택시를 탔다.

길게 하품을 하던 기사가 뒤를 돌아보며 물었다.

"어디 까지 가슈?"

"저기 운남중학교 있는데 까지."

"뭐요 운남. 거긴 길이 험해서 이 차로는 못가요. 저기 저 차를 타슈."

기사가 손을 가리킨 곳에는 지프차가 한 대 서있고, 그 지붕 위에 택시라고 우스꽝스럽게 붙어 있었다.

"운남까지는 이만원 주셔야 되겠는데유."

지프 택시 기사가 기분 좋은 얼굴로 말했다. 좀 비싸다는 생각은 들었지만 차에 올랐다. 시내를 벗어나자 이내 석탄가루로 얼룩져 시커멓고 군데군데 돌들이 그대로 드러나 있는 울퉁불퉁한 비포장도로가 나타났고, 길옆의 산들마다 탄광의 입구들이 시커멓게 아가리를 벌리고 있어서 별로 친근감이 가지 않았다. 꽤나 요동치는 차안에서 몇 번이나 유리에 머리를 부딪쳤고, 트럭들이 비켜 지나갈 때 마다 뒤따르는 검은 먼지가 몸에서 땀을 짜냈다. 이정도의 길이라면 이만원도 싸다는 생각이 들었다.

"운남엔 처음이신가유?"

"예. 처음입니다."

"글쎄 뵙던 분 같지 않아서, 어디서 오시는데유?"

"서울서 옵니다."

"먼길 오시는구만유, 근데 무슨 일루?"

백밀러로 흘끔 훔쳐보며 물었다.

"운남중학교에 친구가 있습니다."

이제야 겨우 새마을사업을 시작하는 지 다리를 놓고 있는 옆의 개울물로 차가 그대로 지나가는 바람에 맑고 깨끗한 물보라가 마음을 시원하게 했다.

"여기부터는 탄광도 없어 물 맑고 산 좋은 곳이지요."

아까와는 달리 길 옆의 푸른 산들과 작은 계곡들이 늘어서 있는 산굽이를 돌았다.

"저기 보이는 것이 운남중학교지유."

멀리 산 밑으로 보이는 하얀색의 2층 건물이 푸른색에 쌓여 더욱 선명하게 보였다.

일부러 학교로 들어가는 소로 앞에서 내려 설레는 호흡을 조절하며 학교를 향했다. 플라타너스가 양옆으로 정렬해 있는 부드러운 마사토 길은 마음을 평온하게 했다. 나무 팻말이 붙은 교무실 미닫이문을 열자 내가 오는 것을 쭉 지켜보고 있었던 듯한 오십대의 선생이 창가에서 몸을 돌렸다.

"어떻게 오셨습니까?"

"예. 양원희선생을 만나러 왔습니다."

"아, 수학 선생님 말이군요."

"국어 선생이 아닌 가요?"

나는 약간 의아한 표정으로 물었다.

"국어는 제가 맡고 있습니다만 ……."

뜨악한 표정으로 말했다.

"하여간 좀 들어오시죠. 양선생은 아까 정선으로 나가며 막차로 들어온다고 했는데 이 앞을 지나갈 겁니다."

그가 내어 주는 의자에 걸터앉아 권하는 담배 한 가치를 받았다.

"양선생이 서울서는 국어를 가르쳤습니까?"

"예. 저 입시 학원에서."

"아, 그래서 그러셨군요. 하긴 양선생은 국어 실력도 뛰어난 것 같더군요. 그래서 왜 수학 선생이 되었느냐고 하니까 대학 때 전공도 전공이지만 뭐라더라. 수학은 논리를 제한하는 한계가 있는 것 같지만 실제로는 무한한 가설과 명제를 추구할 수 있다던가 하는 철학적인 이야기를 하더군요. 그런데 워낙 대화가 많지 않은 사람이라서 저하고는 몇 년을 같이 근무하면서도 이야기는 별로 나누어 보지를 못해서 ……. 참. 요즈음 양선생이 다시 서울로 간다는 소문이 돌던데, 혹시 양선생 데리러 오신게 아닙니까?"

"아, 아닙니다. 그저 잠시 만나러."

하지만 그의 말을 들으며 무색인이 다시 서울로 돌아오고 싶어 할지도 모른다는 생각이 스쳤다.

"양선생 같은 젊고 유능한 사람이 이런데 오래 있겠습니까? 그저 잠시 머리 식히고 떠나겠지요. 나같은 놈이야 이제는 옴치고 뛸 수도 없지만…… 더욱이 양선생은 S공대 출신이라는데."

그의 표정 속에는 냉소와 자조가 섞여 있었다.

지는 해가 남기고 간 노을이 아름답게 여름 저녁을 장식하고 있었다. 어색한 침묵을 깨기 위해 그에게 물었다.

"저 선생님, 여기서 양선생 하숙집이 먼가요?"

"하숙집이라뇨."

그가 의아하게 반문했다.

"그럼 학교 사택이 있습니까?"

"그게 아니고 사모님하고 같이 계시잖습니까. 1년 전부터."

상당히 어색하게 표정을 지으며 싱긋 웃었다. 갑자기 머리가 윙하고 동작을 시작하는 것 같았다.

"뭐 객지 생활이 힘드니까. 결혼식을 올리지 않고 우선 같이 사나 봅니다. 시골이라 학부형들 이목도 있고 해서 빨리 결혼식을 올리라고 해도……. 그런데 손님은 양선생과 어떤 친구 사이신가요?"

"대학 동창입니다."

"오래간만에 만나시나 보죠?"

마치 친구 사이에 그 정도도 모르느냐고 힐문하듯 말했다.

"하긴 양선생이 여기 내려온 후로는 거의 서울에 안가는 것 같던데."

"죄송하지만 양선생 집을 좀 가르쳐 주시겠습니까. 혹시 돌아와 있을 지도……"

"어차피 거기로 가려면 이 앞을 지나쳐야 되기 때문에 돌아오지는 않았겠지만 사모님이 아까 같이 안갔으니까. 한 번 가보시죠."

그는 운동장을 향한 창가로 가더니 자전거를 타며 놀고 있는 학생을 불렀다.

"너 이분을 수학 선생님 댁까지 모셔다 드려라."

밖으로 나오니 덩치가 큰 학생 하나가 자전거를 붙잡고 있었다.

"여기서 머냐?"

"그렇게 멀지 않아요 저기 ……"

건물 오른편 작은 개울 건너 산 밑에 이십여 호 가량의 농가가 보였다.

"아저씨 제 자전거 뒤에 타세요."

"네가 나를 태울 수 있어?"

"그럼요. 우리 아버지도 태우는데요."

자신 있게 내미는 자전거 짐받이에 걸터앉았다. 시골길이라 엉덩이가 쿵쾅거렸다. 작은 다리를 건너자 밖으로 문이 달린 문간방을 가리켰다.

"저기 저 방이에요."

녀석에게 천원짜리 한 장을 주었다. 마지못한 척 하면서도 얼른 돈을 받더니 휭하니 사라졌다. 시골집 창호지 방문이 새삼 낯설게 느껴지며 가슴이 작게작게 쉬임 없이 요동쳐 왔다.

"계십니까? 계십니까?"

연거푸 부르며 문을 가볍게 두드렸다. 방안에서 홈치럭거리는 소리가 들리더니 쇠돌쩌구가 갈리며 문이 열리는 바람에 온 몸에 전율이 일었다.

“너! 윤석이”

“어 …….”

눈이 핑그르르 돌며 발바닥이 그대로 깊은 수렁 속으로 빨려 들어가는 것 같았다.

“쵸쵸쵸-이!”

마치 지구 끝까지 다다른 것 같이 스르르 다리 힘이 풀리며, 불현듯 점심을 먹지 못했다는 생각이 들어 심한 허기가 느껴져 왔다.

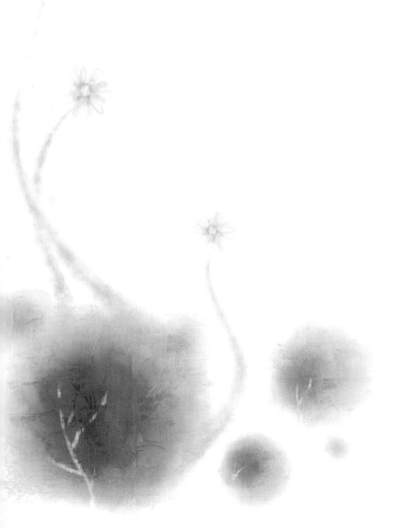

그저 그런

그저 그런

"까르르르 -"

변학도 본부장을 맞이하려는 미장물산 영업본부 사무실은 미묘하고 조심스러운 긴장감이 하늬바람을 타고 드넓은 창공을 펄펄 날아 허공 속으로 솟구치려는 가오리연을 안간힘을 다해 당기고 있는 유리가루 먹인 명주실처럼 팽팽하기만 했다.

영업본부 직원들의 집중된 시선을 한 몸에 받으며 전화벨이 미처 두 번을 울리기도 전에 국내부 김부장이 수화기를 들었다.

"네 저 미래를 향한 기업, 양심적인 기업 미장물산 영업본부 김창일 부장입니다."

"예, 저 원주지점 이과장인데요. 지금 변학도 본부장님께서 한남대교를 건너고 계십니다."

"예, 알겠습니다. 지금 전부 기다리고 있습니다."

미장물산 강원총지사 업무용 쏘나타III 뒷자리에 푹 파묻힌 변학도는 담배 한 개비를 빼물었다. 영업본부장이야 그저 거쳐가는 자리일 뿐 곧 전무, 사장이 될 행운의 미래에 대한 구상으로 저절로 빙그레 웃음이 나왔다.

"본부장님 지금 모두 기다리고 있답니다."

조수석에 앉은 김과장이 몸을 돌리며 다시 근엄한 표정으로 돌아온 변학도에게 보고를 했다.

'음 -'

변학도는 그저 당연하다는 듯 고개만 가볍게 끄덕이곤 품위 있게 담배 연기를 내뿜었다. 오늘따라 담배연기가 더욱 역겹게 느껴진 이기사가 운전석 쪽 창문을 조금 내렸다. 그나마 서늘한 한강바람이 한줄기 들어와 조금 가슴이 트이는 것 같았다.

김부장은 수화기를 내려놓자마자 몇 올 남지도 않은 머리카락을 쓸어 올리며 불과 아홉 달 사이에 부하에서 상관으로 변해버린 변학도를 맞이하기 위해 연대급 작전이라도 개시하듯 부산스럽게 지시를 내렸다.

"자, 과장급 이상은 나와 함께 현관으로 나가고 나머지 직원들은 소회의실에 모여서 기다리세요."

여덟시를 지나고 있었다. 또 호법 인터체인지부터 고속도로가 막혔는지 가남휴게소 출발 연락을 받은 지 두 시간이 지난 후였다.

오늘 사내 임원급 인사에서 변학도 강원총지사장이 이사로 승진하면서 영업본부장으로 발령이 났다는 소식이 전해지자마자 직원들은 당연하다는 듯이 덤덤했지만 영업본부는 그 순간부터 아연 긴장하지 않을 수 없었다.

본사 차장급인 강원총지사장 발령이 있을 때도 그랬지만 불과 아홉달 만에 부장자리 정도는 가볍게 뛰어 넘어 서른다섯의 나이에 영업본부장으로 영전하여 귀환한 변학도의 출세를 당연하게 받아들이면서도 삼백여 명의 미장물산 직원들 중 달갑게 여기는 사람을 헤아리기에는 열 손가락이 남았다.

그러나 그런 생각들은 마음뿐이었고 노골적으로 내색을 하는 사람들은 아무도 없었다. 그에게 돌을 던지면, 그 돌은 곧바로 바위가 되어 날아온다는 것을 미장물산 일용 청소원들까지 모두 알고 있었다.

재작년 변학도가 영업본부의 해외부 과장으로 근무할 때 일어난 어처구니없는 일을 잊고 사는 미장물산 사람은 아무도 없다. 그 때나 지금이나 변학도는 최소한 미장물산 내에서만은 위세당당하고 건방지기에 2인자의 위치를 굳건하게 지키고 있는 터였다.

'지금은 좀 나아졌는지 모르지만 하긴 변학도도 사람인데 그 버릇 개 주었을라구.'

해외부 성과장이 김부장을 따라 현관으로 향하는 엘리베이터 속에서 혼자 중얼거렸다.

변학도 과장의 승진을 축하하는 회식 장소에서 체질상 술을 많이 먹지도 못하는 그는 양주 두어잔 들어가자 횡설수설하며 술주정인지 과장임을 확인시키려고 하는지 특유의 연설을 시작했다.

"에, 본인 과장 변학도는 오로지 미장물산과 존경하옵는 우리 최덕팔 회장님을 위해서 분골쇄신 할 것이며, 따라서 당신들도 나와 뜻을 같이 하고 있다고 본인은 굳게 믿고 있으며…….."

혀는 상당히 꼬부라져 있는 것 같았으나 그가 항상 자랑하는 국립묘지 의장대 출신답게 자세만은 꼿꼿하게 유지하고 있었고 감히 그의 말에 토를 달거나 이의를 제기할 사람은 아무도 없었다.

다만 변학도의 동향 후배인 해외부 박기서 만이 맞장구 쳤다.

"그럼요 선배님, 선배님이야 말로 우리 미장물산의 큰 기둥이시고 …….."

변학도는 흡족한 표정으로 박기서를 바라보았다.

"역시 알아 주는 건 네 놈 밖에 없구만. 그러나 임마 여기도 공식적인 자리야. 그러니 내 뭐랬냐? 과장님이라고 불러. 우리 회사가 뭐 위계질서도 없는 날라리 집단인 줄 알아."

박기서가 다른 사람들을 보며 머쓱한 표정으로 뒷머리를 긁으며 민망스러워 했다.

"죄송합니다. 선배님, 아니 변과장님 앞으로 확실하게 모시겠습니다."

"그래 임마. 앞으로 확실하게 해. 내가 너 하나 못 키워주겠냐."

이때 변과장의 맞은 편 자리에 앉아 있던 국내부 박부장이 다분히 신경질이 섞인 표정을 지으며 양주잔을 단숨에 들이켰다. 이것이 변학도의 눈에 띄었다. 그는 장닭 물어가려는 독수리처럼 조심스럽게 몸을 낮추고 박부장과 눈을 맞추었다. 흠칫 놀란 박부장이 미처 잔을 상위에 내려놓지도 못한 채 변학도의 눈을 피하려 했다.

"아니, 박부장니임-. 뭐 불만스러운 일이 있습니까?"

박부장이 황급하게 두 손을 가로젓는 애매한 동작으로 얼버무리려 했으나 얼굴에 나타난 불만스런 기색은 나이에 비해 좀 일찍 생겨버린 잔주름 사이로 쉽게 들어가 주지 않았다.

"불만은 무슨 불만 이렇게 좋은 자리에서 ……."

"아니 뭐, 내가 승진한 것에 대해서 떫으신 것 같은데 ……."

하긴 변학도와 입사 동기 -이런 표현도 어색하지만- 들은 이제 겨우 대리로 승진한 처지이고 보면 정답을 제시하고 확인만 하려고 하는 물음이나 다름없었다.

"이봐요, 변과장. 나 불만 없어요. 자 우리 모두 변학도 과장의 승진을 축하하는 건배를 다시 한번 합시다. 자 모두 잔을 들어요."

사람들이 잔을 반쯤 들어 올렸을 때 변학도는 손을 휘휘 저었다.

"됐습니다. 본인이 마음에도 없는 박부장니-임의 축하를 왜 받아."

"아니 그게 아니라니까. 왜 자꾸 그래요."

박부장의 얼굴이 더욱 붉게 물들어 갔다. 그는 칠면조라는 별명에 걸맞게 마음속에 희노애락이 생길 때 마다 얼굴도 그 감정에 따라 숨김없이 변하곤 했다.

"당신 부장된 지 얼마나 됐어?"

"뭐 당신?"

내일모레가 오십인 박부장의 인내도 한계점에 다다르고 있음을 감지한 직원들은 긴장 때문인지 양주잔을 반쯤 올린 자세로 두 사람을 번갈아 보며 다음 상황을 마음속으로 그리며 안타까워했다.

"뭐 당신? 이봐요, 변학도씨. 내게 직위로 보나 나이로 보나 이럴 수 있소. 나도 이 회사를 위해 이십년을 넘게 봉사한 사람이오."

"변학도씨는 무슨 변학도씨. 그냥 변가라고 부르시지 않고, 그리고 당신이 이십년 동안 미장물산에 무료 봉사 했소? 월급 꼬박꼬박 타 먹고 슬금슬금 삥땅까지 했으면서. 내가 다 알고 있지요……."

변학도의 눈 주위가 미묘하게 씰룩거리며, 오른손을 들고는 손가락으로 동그라미를 그리며 흔들었다.

얼마 전에 박부장은 노후에 대비하여 그간 근근이 모은 돈과 H은행 지점장으로 있는 친구에게 평생 안하던 아쉬운 소리까지 해가며 대출을 받아 고향 청주에 3층이라고는 하지만 별로 크지도 않은 건물을 하나 지었다. 그러나 별로 죄지은 것 없는데도 회사 내에서는 비밀로 하고 있었다. 그게 얼핏 마음에 걸렸다.

"뭐라고 이 자식아 입 다물지 못해. 나쁜 놈 같으니라구. 기고만장 에도 분수가 있지."

"어, 이제는 완전히 지 자식 취급하네."

이어 변학도의 손에 술상이 엎어지고 맞은편에 앉았던 박부장은 쏟아진 음식물을 뒤집어쓰고 옷이며 얼굴이 만신창이가 되었다. 음식 찌꺼기를 대충 털어낸 그는 잎이 모두 떨어져버린 겨울 플라타너스처럼 휘적휘적 방을 나섰다.

"에이, 천하에 인간 망종 같으니라구."

그러나 박부장의 말은 맞은 벽에 메아리 칠 기운도 없을 정도로 초라해져 있었다.

몇몇 직원이 박부장을 따라 문지방을 넘기도 전에 변학도의 큰 소리가 그들의 발목을 끌어 들였다.

"가긴 어딜가. 뭐 애라서 집 못 찾아 갈까봐."

"이봐 마담. 여기 다시 한 상 차려와. 이제 갈 사람 갔으니까 우리 멋지게 즐겨 보자구. 내 이차까지 아니 삼차까지 책임지지."

그 사이 술이 깨어 버렸는지 원래 제 정신이었는지 변학도는 또랑또랑하게 말을 이었다.

삼일 만에 전격적으로 박부장의 사표가 수리되었다. 명예퇴직. 지방대학 출신이지만 특유의 성실함과 원만한 인간관계로 이사 정도는 하고 미장물산을 떠나려던 그는 이십년을 넘게 근무한 회사를 떠나며 부하직원들과 떳떳하게 이별의 악수조차 나누지 못했다.

그날 일은 돌발적인 사건이 아니라 최덕팔 회장과 변학도가 합작한 작품이라는 이야기가 이제는 정설이 되어, 가뜩이나 움츠러들기만 하는 직원들에게 월급쟁이의 무상함을 일깨워 주었다.

결국 박부장은 예상보다 일찍 청주로 귀향하여 노후를 위해 시기적절하게 만든 폭이 되어버린 건물 1층에 남성 의류점을 차렸다.

어디서 또 길이 막히는 지 한남대교라고 연락을 받은 지 30여 분이

지났는데도 변학도의 행렬은 서소문 사옥에 도착하지 못하고 있었다. 회의실에 엉거주춤한 자세로 대기하고 있던 직원들은 애꿎은 손목시계만 연실 보며, 소곤소곤하는 소리만 간간이 들릴 뿐 드러내 놓고 불만을 표현하는 사람은 아무도 없었다.

바로 옆에 있을 지도 모르는 변학도의 친위대들은 직원들에게 오래전부터 두려움의 대상이었다.

드디어 변학도를 안내하는 김부장의 장명등 같은 대머리가 회의실로 나타나더니 줄줄이 옆으로 뒤로 따라 붙은 부장, 과장들의 호위를 받으며 변학도는 회의실 안으로 들어섰다. 훤칠한 키에 그리스 조각같은 얼굴에 붙어 있는 거만스러운 표정은 강원지사에서 한 겹 더 씌워진 것 같았다. 엉거주춤 자리에 앉아 있던 사람들은 가장 신속한 동작으로 일제히 일어섰다. 열렬한 환영의 박수 소리가 회의실을 온통 뒤흔들었다. 변학도는 전 보다 한결 위엄이 더해진 얼굴로 부동자세로 서 있는 직원들을 쭉 훑어보며 단상위에 마련해 놓은 안락의자에 푹 주저앉았다.

"에- 지금부터 우리 부서를 이끌어 주실 변학도 본부장님의 부임 행사를 시작하겠습니다."

말을 하면서 연방 머리를 움직이는 버릇 때문에 김부장의 대머리가 번들거렸다.

"에- 변본부장님의 부임 말씀에 앞서 잠시 약력을 소개해 올리겠습니다."

양복 속주머니에서 메모 용지를 꺼내는 김부장의 손끝이 바르르 떨렸다.

"에, 여러분들도 익히 알고 있겠지만, 이번에 우리 영업본부장으로 부임하시는 변학도 본부장님께서는 초·중·고등학교를 우수한 성적으로 아니 내리 1등으로 졸업하시고 우리나라 최고 명문대학인 S상대를 거쳐 미국 하바드에서 국제경영학을 전공하시고 …… 이렇게 오랜

기간 동안 배우고 익힌 우수한 학문적인 실력을 실물 경제계에서 큰 뜻을 펼치시고자 우리 미장물산에 들어오신 이래 신경영 기법을 도입하시어 우리 회사가 일취월장하는데 ……."

"아, 됐어요."

변학도가 김부장의 말을 중단시키더니 회사 문장이 멋지게 조각된 연설대 뒤로 섰다. 누군가 마른침을 꼴깍 삼켰다.

"지금 우리 영업본부 직원들은 전부 모였습니까?"

"예. 해외부 차대리가 집에 급한 일이 생겨서 먼저 들어갔고, 나머지 직원들은 모두 모였습니다. 저 집에 지금 ……."

김부장이 당황하면서 차대리의 사정을 변호하려 했다.

"아. 됐어요. 무슨 그리 급한 일이 있다고 ……."

변학도의 얼굴에 노골적으로 불만스런 기색이 서렸고, 김부장은 팬스레 몸 둘 바를 몰라 애꿎은 직원들을 보며 눈을 흘겼다.

"다음부터는 전원 참석하도록 하세요, 그래야 단합이 되지."

"예. 명심하겠습니다."

김부장이 안도의 한숨을 쉬며 정중하게 허리까지 숙였다.

'배알도 없는 대머리 같으니라구.'

그때 누군가의 배에서 꼬르륵 소리가 났다. 워낙 종이 떨어지는 소리도 들릴 만큼 조용했기 때문에 그 소리는 증폭이 되어 실내에 울려 퍼졌다. 그러나 아무도 웃지 못했고, 그 소리를 발생한 사람은 완벽하게 시치미를 떼고 있었다.

"자 모두들 자리에 앉아요. 뭐 꼭 본인에게 덤벼들려는 자세 같아서 ……. 그리고 여러분들 저녁 먹었습니까?"

의외의 부드러운 말투였다.

"예. 언제 도착하실지 몰라서 기다리느라고 아직 ……"

"이봐요 김부장님. 가까운 갈빗집에 예약을 해요. 아 참, 그집 알죠?"

의외의 깊은 배려에 직원들은 잠시 긴장이 풀리며 혹시나 하는 기대에 부풀었다.

"한 시간 후로 예약해요."

그럼 그렇지. 벌써 엄기영 앵커가 진행하는 아홉시 뉴스가 나올 시간이었다.

그럼 지금부터 부임 인사를 가급적 간략하게 하도록 하겠습니다.

변학도 스스로 시작을 알리며 연설대 위의 마이크를 자기 키에 맞추었다.

"본 지사장은 아니 영업본부장은 여러 가지로 경영에 어려움을 겪고 있던 강원지사를 이틀 모자라는 아홉 달이라는 짧은 기간 동안 전국 유수의 어느 곳보다도 우수한 지사로 끌어 올리고 즉 매출액을 세 배 이상 급성장 시켜 놓았습니다. 이게 바로 기사회생이 아니고 무엇이겠습니까? 그래서 회장님의 따뜻한 배려 아래 오늘부터 이 부서를 총지휘할 영업본부장으로 부임하게 되었습니다."

김부장의 유도에 따라 우렁찬 박수 소리가 천정에서 바닥까지 진동을 했다.

사실 변학도가 부임하기 전의 강원지사는 관할하는 지점들이 한결같이 고전을 면치 못하고 있었다. 전반적으로 경기가 불황이어서 여성토털패션 업종도 불황을 겪기는 마찬가지였지만 그 중에서 특히 강원지사에 많은 정성을 기울인 것은 춘천·원주·강릉·속초·삼척지점 중 어느 한군데서도 경쟁사를 앞지르지 못하고 있었기 때문이었다. 이때 그는 자청 형식을 빌려 지사장으로 내려갔으나 실은 최덕팔 회장의 깊은 배려였다.

"내가 처음 강원지사장으로 내려가 보니 경영 상태가 아주 엉망이었습니다. 누가 그 따위로 경영을 했는지 원."

변학도의 전임 강원지사장 한석길은 자재담당 과장으로 좌천된 지 두 달만에 사표를 내고 처가 식구들이 살고 있는 LA로 이민을 떠나 버렸다.

"그래서 본인은 이를 극복하고자 하는 열망으로 수 많은 밤을 지새우며 연구와 고민을 했습니다. 왜 사람은 노력하고 연구한 만큼 돌아온다고 하지 않습니까? 물론 기본적인 머리와 소양과 지식이 축적되어 있는 즉 그릇이 커야 된다는 것이 전제되어야 하겠지만……."

'어이쿠 그 정도로 지원만 해주면 초등학교 5학년짜리 우리 아들도 하겠다.'

국내부 현과장이 누구 들을세라 주위를 두리번거리며 주절거렸다.

변학도가 강원지사장으로 내려간 후 부터 본사 차원에서 엄청난 물량 공세를 비롯하여 여러 가지 방법을 동원하여 지원하였다. 말 그대로 매출을 위한 전쟁을 방불케 했다. 창사 이래 세일을 안한다는 철칙을 깨고 무려 3개월 동안 30% 할인을 했고, 30만 원 이상 구매자에게는 액센트 승용차, 냉장고, 에어컨 등을 걸고 행운권을 배포했으며, 미장물산 전속 모델인 탤런트 박진희를 비롯하여 요즘 잘 나가는 탤런트와 가수를 동원하여 강원도 전 매장을 세번씩이나 순회하는 등 막대한 투자를 했다. 즉 돈으로 강원도 전지점을 융단 폭격했다. 하여튼 강원지사 매출액은 몇 달 사이에 세배 가까이 높아지게 되어 경쟁사를 근소한 차이로 앞지르기 시작했다.

오늘 수평 이동하여 기획조정실 이차장이 강원지사장으로 발령받는 자리에서 최덕팔 회장은 근엄하게 한 마디 했다.

"이봐, 이차장 자네는 강원도에 가서 그저 변지사장이 이뤄 놓은 것을 유지만 하게. 이제 강원지사는 본사 지원이 더 이상 필요 없을 만큼 굳건한 반석위에 서 있네."

노후를 위해 만들어 놓은 구멍가게조차 없는 이지사장은 깊은 한숨만 거푸 쉬며 원주로 내려가 변학도에게서 업무를 인계 받았다.

"역시 길 내는 사람 따로 있고, 그랜저 모는 사람 따로 있다더니, 이지사장님이 바로 그런 경우가 아닙니까. 이제 강원지사는 탁 트인 아스팔트길입니다. 하하하 ……."

변학도의 공치사 섞인 너스레가 그의 귀에는 그저 잡음 섞인 트랜지스터 소리처럼 웅웅거리기만 했다.

"여러분, 우리 속담에 지성이면 감천이라고 내가 강원지사에 부임하여 불철주야 노력을 거듭한 결과 여러분도 잘 알다시피 괄목할 만한 성과를 거두게 되었습니다."

변학도는 스스로에게 도취된 듯 오른손을 가슴에 얹고 왼손은 회의실 천정에 치렁치렁 늘어져 하늘거리는 이태리제 상들리에를 가리켰다.

"그리고 이제 부터는 여러분들에게 특별히 우수한 경영인이 될 수 있는 비법을 이야기 하겠습니다. 좀 쑥스럽기는 하지만 본인을 모델로 이야기 하겠습니다. 어떤 사람을 분석하기 위해서는 그 사람의 성장과정에서 현재의 사고방식까지 알아야 할 것입니다. 그래서 지금부터 본인의 어린 시절 부터 시작하여 현재 본인의 구상까지 숨김없이 알려 드리겠습니다. 이것은 어디 가서 돈 주고도 들을 수 없을 것입니다. 아 그렇다고 노트 필기까지 할 건 없고."

재빨리 수첩과 볼펜을 꺼내 들었던 국내부 송대리가 머쓱해 하면서 도로 집어넣었다.

'이제 큰 일 났군. 저 이야기가 끝나려면 최소한 한 시간인데. 아이쿠, 배고파.'

전에 변학도와 같이 근무한 적이 있는 해외부 이과장은 저절로 한숨이 나왔다.

"내가 태어난 곳은 원주에서 서북쪽으로 삼십여 리 되는 곳입니다. 여러분들은 잘 모르겠지만 전국 어느 곳 보다도 산 좋고 물 맑은 곳이며, 풍수학상으로 보면 재기가 서려 있어 이 마을에서 반드시 큰 부자 즉 현대적 용어로 보면 위대한 경영인이 출생한다는 전설이 내려오고 있는 곳 입니다."

'좀 일찍 태어나 왕건이나 이성계와 변학도가 만났더라면 한 사람은 권력을 잡고, 한 사람은 돈을 잡을 텐데. 그러면 우리나라는 일찌감치 경제대국이 되었을 텐데. 참 안타깝네.'

수 없이 이 이야기를 들은 이과장은 그 때 마다 왠지 왕건과 이성계를 떠 올리며 혼자 웃곤 했다.

"물론 그 위대한 경영인이 본인은 아니겠지만 하여간 그런 전설이 지금까지 정확하게 전해 내려오고 있으며 내 고향 사람들은 굳게 믿고 있습니다. 그런 고장에서 태어난 본인은 십 리 길을 걸어 초등학교, 이십 리 길을 걸어 중학교, 삼십 리 길을 걸어 고등학교를 다녔습니다. 그런 어려운 통학길 이었고 반은 굶어야 하는 처지였지만 본인은 오로지 면학에 정진하겠다는 굳센 의지를 갖고 지각 한 번, 결석 한 번 하지 않았으며 공부는 초등학교·중학교·고등학교를 졸업하는 동안 고등학교 때 딱 한 번 2등을 해본 것 외에는 항상 1등만 했습니다. 그 때 본인은 생각했습니다. 이것이 바로 정신력의 승리요. 인간 승리구나 하는 것을."

또 김부장의 유도에 따라 생동감이 훨씬 덜해진 박수 소리가 회의장에 울려 퍼졌다.

변학도는 흥부네 집같이 째지게 가난한 가운데 아이들만 많은 집의 막내로 태어났다. 변학도를 낳고 이름을 지으려고 생각을 하던 차에 동네에 유랑영화가 들어와 느티나무 근처에 천막을 치고 춘향전이 상연되었다. 이 때 변학도의 아버지 댓돌영감도 쌀 한 됫박 값이나 되는 거금을 내고 영화를 보러 갔는데 상연 도중 찌지직 하며 중간중간 눈비 오는 풍경이 벌어지더니 드디어 싸구려 영화답게 필름이 끊어져 변학도(변사또)가 큰 잔치를 벌려 놓고 큰 소리를 치는 대목까지 밖에 볼 수 없었다. 댓돌 영감이 앞장서서 난리를 치는 바람에 냈던 돈의 반은 되돌려 받았다. 마치 공짜 영화를 본 것 같은 흐뭇한 마음으로 집으로 돌아오던 댓돌영감은 고추밭가에 앉아 뒤를 보다가 무릎을 쳤다. 우연찮게 성씨까지 같은 변사또의 이름과 똑같이 아이의 이름을 짓기로 했다. 앞으로 높은 권세도 얻고 잘 먹고 잘 살라고 그날 밤 몇 번이고 축원하며 학도라고 이름을 지어 호적계 김서기의 비웃음을 좋은 이름에 대한 시샘이라고 치부하면서 당당하게 입적을 했다. 만약 그날 춘향전 필름만 끊어지지 않았더라면 변학도는 변몽룡이라는 좀 고상한 이름을 얻게 되었을 것이다.

째지게 가난한 가운데 변학도가 형제들 중에 유일하게 고등교육까지 마칠 수 있었던 것은 그래도 집안에서 막내 하나라도 면장 정도 할 수 있는 인물이 되어야 한다는 식구들의 중론에 의한 배려였다. 타고난 우수한 머리로 공부도 잘 하긴 했지만 막내로 태어난 행운이 변학도가 입신출세하는 바탕이 되어 주었다.

　‘아무렴 우리 학도야. 십년 째 면사무소 호병계장이나 하고 있는
　김성근이 아들 근칠이 보다는 낫겠지.’

하지만 그의 형과 누나들은 모두 정부에서 실시하는 무상교육 덕택으로 초등교육만 겨우 마치고 광업, 공업, 수산업 등 1차 산업의 아주 기초적인 생산분야에서 산업의 역군으로 활약하거나 그런 사람에게 시집을

갔고 왠지 한결같이 살고 있는 형편들이 어려웠다.

변학도가 학교를 다니는 동안 형과 누나들의 사랑을 듬뿍 받으며 신세를 톡톡하게 졌지만 지금 변학도가 그들에게 해 주는 것이라곤 명절 때 마다 유행이 한두 해 지나 버린 미장물산 재고품 옷가지나 서너 벌씩 돌릴 뿐이었고, 돈이라곤 약병아리 오줌 정도로만 풀었다. 설사 집안에 큰 일이 있어도 부조금은 항시 기대했던 금액의 반 정도 밖에 안 되었다. 그나마 부모가 모두 돌아가신 후 부터는 현저하게 줄어들었다.

지방에서 농공고등학교를 졸업한 집안의 장손인 성식이를 회사 수위라도 시켜달라는 부탁을 끝내 들어 주지 않은 바람에 큰 형과는 거의 명절 때 외에는 왕래가 없었고, 다른 형과 누나들은 아예 부탁 같은 것은 할 엄두조차 못 내고 있었다.

"그러나 우수한 성적으로 고등학교를 졸업한 본인은 좌절하지 않을 수 없었습니다. 대학에 들어갈 실력이야 충분했지만 형편상 그냥 시골집에 눌러 앉아 있을 수 밖에 없었습니다.

아버지는 나에게 면서기나 되라고 하셨지만, 여러분들이 보기에 이 변학도가 그깟 말단 공무원 면서기나 할 위인으로 보입니까? 그래서 본인은 작정 했습니다. 이왕 공무원 시험을 볼 바에는 고등고시를 보자고 그런 어느 날 골방에서 공부를 하다가 밖으로 나와 소변을 보고 있는데 총총한 별빛 아래 이른 봄 한밤중의 서늘한 기운 속에서 좀 서글픈 생각이 들었습니다. 그 때 갑자기 외양간에 소 한마리가 보입디다. 그래 바로 이거야. 그 소는 둘째 형이 장가갈 밑천으로 키우고 있었는데 '돈이야 나중에 벌어서 두 배로 갚자'라고 다짐하면서 얼른 방에 들어가 달력을 보니 그날이 바로 초이틀 우시장이 서는 날이라 얼른 옷가지와 책들을 간단하게 챙겨 가지고 소를 끌고 싸립문을 나서는데 난생 처음 눈물이 나옵디다. 그것은 처음이자 마지막 도둑질이었는데, 하긴 형의 소니까 도둑질에 속하지도 않겠지만. 하여간 산길 삼십여 리를 걸어 아침녘에 시내 우시장에 도착하니 막 장이 열리고 있어서 조금 싸게 얼른 소를 팔았습니다."

새벽녘에 소여물을 쑤어 주기 위해 밖으로 나왔던 댓돌 영감은 지난 밤 분명히 매어 놓은 소가 없어진 것을 발견하고 온 식구를 깨웠다. 학도와 그의 옷가지가 없어진 것을 발견하고 둘째와 함께 한달음에 삼십 리 길을 내달아 우시장에 도착했을 때 이미 소는 다른 사람의 수중에 넘어간 다음 이었고, 변학도는 중앙선 열차에 실려 양평을 지나며 잠에 빠져 있었다.

"미친 놈, 이왕 팔려면 제 값이나 받지!"

변학도는 연설대 위에 미리 갖다 놓은 쥬스잔을 들더니 벌컥벌컥 들이켰다. 누구도 배가 고프다던가, 연설이 듣기 싫다던가, 지루하다던가, 하는 내색을 감히 하지는 못했다. 사람들은 이제 배가 고픈 단계가 이미 지나가 버려 그저 덤덤하게 변학도의 부임 연설이 끝나기만 고대 했다.

"소 판돈을 속주머니에 꼭꼭 넣고 청량리역에 내려 본인의 서울 생활이 시작 되었습니다. 서울 입성치고는 초라했지만 나는 다짐하고 또 다짐하며 속으로 외쳤습니다. 이제 나는 서울에서 출세할 것이라 고 말입니다.

공부를 하기 위해서 종로에 있는 학원가를 돌아다니다가 어느 학원에 근로 학생으로 들어가서 학원 청소 및 수강생 정리를 해 주고 시간이 나는대로 열심히 강의를 들었습니다. 그러나 얼마 지나지 않아 학원에서 나와야 했습니다. 학원에서 비록 강의는 거져 듣고 잠은 학원 어느 구석에서 자곤 했지만 밥을 사먹다 보니 소 판 돈은 생쥐 드나드는 볏섬처럼 점점 줄어만 갔기 때문에 돈벌이가 되는 일자리를 구해야만 했기 때문입니다.

그 뒤 본인은 말 그대로 주경야독하며 안 해본 일이 없습니다. 노가다는 기본 이었고 노점상, 청소원, 수위 등 별의 별 일을 다 하면서도 본인은 결코 꿈을 잊어본 적이 없습니다. 요즘의 어떤 학생이 나와 비슷한 과정을 거쳐 내가 졸업한 대학의 법학과 수석으로 들어갔다고 떠들썩한 것 같은 데 내가 고생한 것에 비하면 그는 놀면서 공부한 것과 마찬가집니다."

그러나 사람들은 그저 단맛이 조금도 없는 물참외를 먹듯이 무덤덤하게 변학도를 바라볼 뿐 감동하는 기색은 전혀 없었다. 다만 '역시 우리 변본부장은 의지의 한국인이야.' 누군가 몸으로 꽈배기를 틀며 속으로 되뇌었다.

"워낙 기초가 튼튼한 가운데서 열심히 노력한 결과 S상대에 장학생으로 합격하게 되었습니다."

그는 S대, 상대, 장학생이라는 단어에 강한 악센트를 주었다.

"그러나 나는 슬펐습니다. 이런 기쁜 일을 부모에게 자랑할 수 없었기 때문입니다."

이 말을 하는 변학도는 그래도 조금은 인간적으로 보였다.

"그때 만약 집으로 들어갔다가는 당장 둘째 형에게 다리몽둥이가 부러질 것이 뻔했기 때문에 집에는 연락조차 할 수 없었습니다."

마음 한 구석에는 변학도가 좀 측은하게 느껴지기도 했고, 대단한 사람으로 여겨지기도 했으나 그 마음은 잠시 후 저절로 사라졌다.

"즉 부모님의 사랑을 받으며 따뜻한 방에서 좋은 음식을 먹으며, 더구나 삼류대학 가려고 재수까지 하는 사람까지 있었는데 본인은 이렇게 피나는 고생을 해야만 했습니다. 그러니 고생을 안해본 여러분들이 인생에 대해 뭘 압니까? 그러니 그런 정신 상태가 아직도 남아 풀어질 대로 휘휘 풀려 버린 마음으로 근무하고 있으니 실적이 올라가겠습니까?"

변학도는 갑자기 엉뚱한 방향으로 말머리를 돌렸다. 직원들은 괜스레 큰 죄나 지은 것처럼 몸을 움츠렸다. 특히 삼수를 해서 겨우 대학을 졸업한 국내부 여대리는 더 그랬다.

"자, 여러분. 본인의 말에 대하여 불쾌하게 생각하기 이전에 자기 스스로를 돌아봐 주시기 바랍니다. 나는 과연 미장물산을 위해 무엇을 했는가? 라고 가슴에 손을 얹고 반문해 보란 말입니다. 본인은 앞으로 결코 이러한 사람들은 용납하지 않을 것입니다. 알겠습니까?"

직원들의 목을 거머쥐듯 앞으로 내 뻗은 두 손을 잡고 비틀었다.

"예. 앞으로 명심하겠습니다."

애꿎은 김부장이 대표 선서라도 하듯이 정색을 하며 머리를 또 숙였다.

'진짜 배알머리 없는 대머리 같으니라구.'

갓 입사한 해외부 주길래는 곱슬머리가 일시에 곤두서며 대학시절처럼 데모가를 부르며 직원들을 인도하고 싶었다.

'산자는 따르라.'

"참 아까 본인이 어디까지 이야기를 했더라."

"예, S대 상대에 장학생으로 합격하신 데까지 말씀 하셨습니다."

아까 수첩을 꺼내 들었던 찬스에 강하고 약삭빠르기로 소문난 송대리가 또박또박하게 말했다.

변학도가 그를 바라보자 정중하면서도 절도 있게 머리를 숙여 최대한의 경의를 표했다.

"그래서 본인은 우리나라 최고의 명문이며 전국의 수재들이 다 모인 S대에 입학을 하긴 했지만 의식주라는 기본적인 삶의 조건이 충족되지 않아 제대로 학업을 수행할 수 없었습니다. 다니기는 상대를 다

넸지만 법과목을 청강하며 고시 공부에 몰두했습니다. 사실 내가 실력이 부족해서 고시에 떨어진 것이 아니라 주위 여건이 따라 주지 않았다고 본인은 단언하는 바입니다.”

김부장은 그의 말에 전적으로 수긍한다는 의미로 대머리를 또 주책스럽게 끄덕거렸다.

“대학교 2학년 때 부터는 좀 형편이 나아지게 되었습니다. 왜냐하면 어떻게 소문을 듣고 아버지와 형들이 찾아와 지난 일들은 모두 용서하고 다소간 도움을 주었기 때문입니다. 어쨌든 결과가 중요한 것 아닙니까? 집안에 S대생이 있다는 것 자체가 가문의 영광이라는 것을 알았기 때문입니다. 즉 개천에서 용이 난 거지요.

구구절절한 곡절 속에서 대학을 졸업하게 되었고……. 아마 본인의 이야기를 소설로 써도 십여 권은 필히 될 것입니다. 시간나면 본인은 꼭 써서 이 땅의 청소년들에게 꿈을 심어 줄 작정입니다.

여하튼 대한민국의 최고 명문 대학을 마친 본인은 주위 사람들로부터 많은 충고와 권유를 받게 되었습니다. 교수님은 본인에게 학교에 계속 남으라고 하셨고, 어떤 회사에서는 미국 유학을 조건 없이 제의하기도 했고, 그리고 여러분 마담뚜라고 알고 있죠. 그 마담들은 또 얼마나 극성을 부리며 쫓아다니며 팔자를 고치라고 권유하는 지……”

‘제기랄 팔자는 여자나 고치는 줄 알았더니 그런 것만도 아니군.’

이과장이 역시 속으로만 중얼거렸다.

변학도 자신도 조금은 멋쩍은 지 이 장소에 온 지 두번째로 미소를 얼굴에 살짝 떠올렸다.

“그렇게 진로에 대해 심사숙고 하다가 운명적으로 우리 미래를 향한 기업, 양심적인 기업 미장물산의 최덕팔 회장님을 뵙게 되었습니다. 처음 최회장님을 뵙자마자 우리 둘은 마음속으로 깊은 공감대가 형성되었음을 느꼈습니다. 이심전심이라는 단어로는 뜻을 헤아릴 수 없는 저 가슴 깊은 곳에서 부터 우러나온 아주 고귀하고 힘찬 교감을 느끼게 된 것입니다.”

이 대목에서 변학도는 스스로에게 도취된 듯 말을 끊고 창밖에 펼쳐진 서소문의 밤풍경을 내려다보았다. 이제 빌딩의 불들도 하나 둘 꺼져 갔다.

“처음 뵈온 지 얼마 되지 않아 본인은 최회장님의 간곡한 부름을 받아 미래를 향한 기업, 양심적인 기업 미장물산의 한 기둥이 되었습니다. 본인은 이 미장물산에 들어오면서 아무것도 바라지 않았고, 아무런 욕심도 없이 오로지 존경하옵는 최회장님의 고매한 인격에 매료되었기 때문에 이 한 몸 미련 없이 바치기로 맹세하였습니다.

우리 최회장님은 일찍이 1.4후퇴 때 단신 월남하셔서 남대문 시장 노점상으로 시작하셔서 우리 미장물산을 국내 유수의 기업으로 일으키신 얼마나 의지가 강한 분입니까. 또한 얼마나 추진력이 강한 분인지 여러분들이 본인보다 더 잘 알고 있겠지요. 그리고 또 얼마나 자애로우신 분입니까?”

변학도가 슬쩍 김부장을 바라보았다. 약간 조는 듯이 앉아 있던 김부장이 화들짝 놀라며 일어서더니 박수를 유도했다.

힘빠진 박수소리가 그치자 변학도는 다시 김부장을 바라보았다. 멍하니 변학도를 바라보는 김부장에게 강원지사 이과장이 귓속말을 했다.

“아. 만세삼창이요.”

“자, 여러분. 우리 위대한 실업인 최덕팔 회장님과 변학도 본부장님을 위해서 만세삼창 합시다. 제가 선창을 하면 따라 하세요.”

“최덕팔 회장님 만세.”

“변학도 본부장님 만세”

"미장물산 만세"

때 아닌 만세삼창으로 변학도 본부장의 부임 연설장은 졸지에 3·1절이나 광복절 기념식장처럼 되어 버렸으나 분위기는 한일합방 전야 같았다.

'새로운 버릇이 생겼군.'

나중에 들은 이야기지만…….

마음이 꽤나 흡족해진 변학도 본부장 부임 연설은 다시 이어졌다.

"최회장님도 본인을 처음 만났을 때 느낌이 아주 강렬하고 좋았기 때문에 불러 주셨다는 말씀을 들으며, 최회장님과 본인은 혈육의 정 같은 끈끈한 느낌이 들어 얼마나 감격했는지 모릅니다.

자 지금까지는 본인의 삶의 궤적이 여러분들에게 참고가 되라고 드린 말씀이고 지금부터는 본인의 경험을 바탕으로 업무에 대한 충고를 하고자 합니다. 참 지금 이 자리가 괴롭고 지루하신 분들은 돌아가도 좋습니다."

엉덩이를 들썩거리던 해외부 한과장은 재빨리 자세를 바르게 했을 뿐 문을 바라보는 사람조차 없었다.

"자, 여러분들 중에는 이솝 우화에 나오는 『개미와 베짱이』 이야기를 모르는 사람은 설마 없을 줄 압니다."

개미. 변학도의 동향 후배인 박기서는 변학도와 개미에 얽힌 이야기 때문에 나오려는 웃음을 억지로 참았다.

변학도가 어릴 때 밭둑이나 마당가에서 종종 개미를 장난감 삼아 갖고 놀았다. 그런데 그 노는 방식이 특이했다. 그는 작은 개미를 잡아 가지고 자기의 물건 끝을 열고 개미를 집어넣고 개미가 나오지 못하도록 그 끝을 잡았다. 그러면 개미는 어떻게든지 축축한 암흑천지에서 빠져 나오려고 꼬무락거리기도 하고 물기도 하면서 안간힘을 썼다. 처음에 그런 장난을 할 때에는 아파서 금방 개미를 방면시켜주었지만 나이가 들면서 그 장난은 변학도에게 몸이 부르르 떨릴 정도의 미묘한 쾌감을 가져다주었고 결국 개미들은 그 속에 한번 잡혀 들어가면 익사 아니면 질식사하는 운명을 감수해야 했다. 아라비아 남자들이 물건을 단련시키기 위해 뜨거운 태양 광선에 달을대로 달은 모래에 비벼대듯이 변학도도 나름대로의 단련법을 일찌감치 스스로 터득하게 된 것이다. 그의 이 개미 장난은 고등학교를 졸업할 때까지 계속되었고 그의 방안은 개미무덤이 되어 버렸다. 그의 물건은 어느새 나무껍질처럼 무뎌져 최상품이 되어 있었다.

하긴 서울에 와서도 콘크리트 바닥 위에서 개미를 구하지 못해 중단되었을 뿐. 말하자면 환경이 좋지 않아 중단이 된 셈이다. 회사 내에도 이 소문이 파다하게 퍼져 한때 변강쇠라고 별명을 달고 다니게 되었다. 그러나 언젠가 어느 신입 직원이 커피 자판기 옆에서 이 이야기를 하다가 변학도에게 작살나게 깨진 후로는 그 말을 입에 담는 사람은 없었다.

변학도가 얼마나 센지는 입증할 방법도 없고, 증인도 없지만 그는 여자 문제에 있어서 만은 딱 한번, 큰 곤혹을 치른 후에는 별로 들리는 이야기가 없었다. 기획조정실 대리 시절 그의 양복주머니에서 예쁘게 메모된 무선 호출 번호가 아내 최여사에게 발견 되었다. 최여사는 쉽게 그 번호가 특수 사업부의 미스 정 것이라는 것을 알아냈고 흥신소에까지 의뢰하여 변학도와 미스 정의 활동 영역을 낱낱이 추적하였다. 그러나 한달 가까이 미행해도 두 사람의 밀회는 최여사의 안테나에 포착되지 않았다. 물증잡기에 실패한 최여사는 최후의 수단으로 두 사람을 직접 심문하였다. 하긴 그 때 회사 내에서도 두 사람의 관계가 심상찮다는 소문이 조금 있기는 했지만 그것이 사실이라 해도 이루어질 수 없는 열여덟 풋사랑 같이 둘은 가슴만 설레였을 것이다. 두 사람은 한결같이 결백을 주장했고 그 메모 종이는 언젠가 기획조정실과 특수사업부가 합동으로 회식을 하는 자리에서 미스 정이 장난삼아 변학도의 주머니에 넣어 놓은 것으로 종결되었다.

"장난할 것이 따로 있지, 땡삐집에 대가리 디밀고 있는 게 낫지. 하필이면."

최여사는 끝내 아무런 확증이 없는데도 두 사람의 결백을 인정해 주지 않았다. 결국 변학도는 열흘이나 안방에 들어가지 못하고 거실에서 대죄를 빌어 용서를 받았으나, 미스 정은 대구 지사로 발령이 났다. 대구에는 가 보지도 않고 '본인은 원에 의하여 사직코자 하오니 허락하여 주시기 바랍니다. 추신. 미장물산의 영원한 발전을 기원합니다'라는 글귀를 남기고 실업자 대열에 합류했다가 지금은 결혼해 잘 살고 있다.

"병신 저 변학도 저건 인간도 아니야."

"그러게 말이야 사내로 태어나서 여편네 손아귀에 잡혀서."

"하긴 변학도로서는 그럴 수 밖에 없겠지."

최여사와 나란히 법원에 가서 도장을 찍는다는 불행한 사태가 벌어진다면, 변학도가 지금까지 그렇게 애지중지 쌓아온 생의 궤적 자체가 송두리째 날아가 버린다는 것을 미장물산 사람이라면 누구나 알고 있다. 그 사건 이후 변학도 앞에서 여자 이야기를 삼가야 하는 것은 불문율이 되어 버렸다.

당초 두 살이나 많은 최여사와 결혼하는 변학도를 사람들은 부러움, 시샘, 경멸 여러 각도의 관점에서 바라보았으나, 현실에 있어서는 행운이라는 것으로 귀결되었다.

늘씬하고 지성적인 눈매를 가진 최여사는 결혼할 당시 서른셋의 노처녀라고는 했지만 디자인을 공부 한답시고 미국 유학을 하는 동안 어쩌다 깜둥이인지 인디언의 개량종인지 하고 눈이 맞아 2년 동안 살다가 귀국 했다는 이야기는 미장물산 내에서 공공연한 비밀이었다. 하여간 최여사는 분명 결혼할 당시 처녀였다. 그녀의 본적지 종로구청 호적계에서는 최여사가 처녀라는 호적등본을 법과 양심에 조금도 거리끼지 않고 변학도의 고향 면사무소로 발송했다.

"깜둥이하고 살았으면 우리는 잽도 안되겠네. 개미귀신이 붙은 변학도니까 버티지."

"친애하는 직원 여러분. 여러분들은 아무리 작은 미물이지만 개미의 근면함을 본받아야 합니다."

'또 개미 타령이야. 하긴 개미가 변선배에게는 귀중한 것이겠지.'

박기서는 입 밖으로 표현하고 싶은 강렬한 욕구를 억제하며 속으로 마음껏 웃었다.

"또한 훌륭한 경영인 이전에 좋은 인간이 될 수 있는 길잡이 역할을 묵묵히 실천해 나가고 계신 미래를 향한 기업, 양심적인 기업 창업주이신 최덕팔 회장님의 인생을 보십시오. 평소에는 업무에 있어서는 불도저같은 강력한 힘을 발휘하시다가도 인간적으로는 얼마나 인정과 사랑이 많은 분입니까? 최회장님께서 돌보아 주시는 고아원이 세 군데이며, 양로원은 수시로 찾아가고 계십니다."

변학도는 스스로 도취되어 최회장에 대한 찬사를 계속했다.

"본인이 늘 하는 이야기지만 처음 최회장님을 만났을 때 장강의 흐름과도 같이 결코 마르지 않는 경영 철학과 인간적인 너무나 인간적인 심성에 매료되어 평생 동안 목숨 바쳐 성심성의를 다해 모실 어른이라고 굳게 다짐한 바 있습니다."

두어 방울의 거품이 변학도 입에 튕겨 나와 허공으로 흩어졌다.

"그래서 본인도 항상 생각하곤 합니다. 훌륭한 경영인이기 이전에 인간적으로 존중받는 변학도가 되자고 하루에도 몇 번씩 맹세하곤 합니다. 그래서 본인 변학도는 여러분도 인정하다시피 누구보다도 인간적으로 살아왔으며, 앞으로도 인간적인 경영으로 우리 미장물산을 인화로 단결된 기업으로 만들 것입니다. 따라서 여러분들도 돈벌이를 위해 즉 먹고 살기 위해 우리 회사에 근무한다는 생각들은 과감하게 떨쳐 버리고 나의 노력이 회사 발전의 원동력이 된다는 생각 속에서 근무하여 달라고 강력하게 당부하는 바입니다."

이 때 원주지점 이과장이 핸드폰을 두 손에 바쳐 들고 변학도의 연설한 구절이 끝나기를 기다려 조심스럽게 말했다.

"저, 본부장님 전화데요."

"누구요. 지금 중요한 시간에?"

"저, 사모님이신데요."

그의 안색이 비굴해 보일 정도로 누그러지며 전화기를 빼앗듯이 건네 받더니 연설대 뒤로 몸을 숙였다.

"아니 지금 뭐하고 있는 거예요?"

대뜸 쏘아부치는 최여사의 목소리는 평소 보다 훨씬 신경질 적이었다.

"지금 부임 인사 겸 직원 교육시키느라고 ……."

"아니, 오늘 평창동에 모여 저녁 같이 먹기로 한 것 잊었어요. 지금 아버지도 기다리고 있는데 ……."

아참. 원주를 떠날 때 까지만 해도 최여사의 전화를 받고 저녁 약속을 몇 번이나 마음 속으로 확인하고 본사에는 잠깐만 들렀다 간다는 것이 부임 연설에 도취되는 바람에 잊고 말았다.

"뭐 회장님께서!"

그는 공식 석상이건 아니건 무조건 최덕팔을 아버님이라는 호칭 대신에 깍듯하게 회장님이라고 불렀다.

"그래요. 당신 장인이 누구 또 있어요? 빨리 들어와요."

최여사는 일방적으로 전화를 끊었다. 아들이 없는 집에 외동딸로 부유하게 자란 그녀의 신경질적인 건방기는 이미 생활의 일부였다.

연단 위에 다시 선 변학도는 어느새 근엄한 표정으로 돌아와 있었다.

"자, 할 말은 많지만 오늘은 이만 마치겠습니다. 내일 일과 종료 후에 이 자리에 모여 주기 바랍니다."

'제기랄 이건 1편이었군.'

누군가 중얼거렸다.

"저 저녁 식사는 어떻게?"

김부장이 조심스럽게 물었다.

"이봐요 김부장님 지금 전화하는 소리 못 들었어요?"

"음식을 다 준비시켜 놔서 안갈 수도 없고 해서."

변학도의 눈꼬리가 갑자기 장비의 눈처럼 부리부리하게 커졌다.

"아니, 그럼 내가 참석하건 안하건 꼭 드셔야 되겠다. 즉 나 같은건 있으나 마나 하다 이건가요?"

"그, 그게 아니라"

김부장의 얼굴이 사색이 되어 몸둘바를 몰라 했다.

"예약 취소해요. 내일 간다구"

"예. 알겠습니다."

한껏 위엄있게 회의장을 빠져 나가는 변학도의 뒤통수며 등에 수십 개의 눈빛이 비수가 되어 꽂히건 말건, 그들이 혀를 빼물건 말건 그건 의미 없는 그들의 몸짓일 뿐이었다.

엘리베이터를 향하는 변학도의 발걸음은 점점 빨라지기만 했다.

그리운 것은
그립다

그리운 것은 그립다

어제 지독하게 마셨던 기억만이 아른거리며, 아무리 치약 거품을 거듭 헹궈내도 입안이 상쾌하지 않았다. 대충대충 머리를 감고, 바쁘게 수건으로 머리의 물기를 털어내며 욕실을 막 나서는 순간 아내가 그저 무심한 얼굴로 무선 수화기를 내밀었다.

"전화 받아요."

"아침부터 어디야?"

약간 신경질적으로 아내의 얼굴과 수화기를 번갈아 보았다.

"어머니예요. 빨리 받아요."

"그래."

수건으로 오른손 물기를 훔치며 후화기를 받았다.

"민수 애비냐?"

아버지가 죽은 이후 한결 힘이 없어진 어머니의 말은 마치 지구 저쪽에서 발신되는 것만 같이 아득하고 고즈넉하게 들렸다.

"예, 저 철구예요."

"그래. 에미하고 애들한테 다른 일은 없고?"

"예. 그런데 아침부터 웬일이세요?"

"응 저어 다른 게 아니고……."

"집에 뭔 일이 있으세요?"

아내는 시계를 가리키며 빨리 통화를 끝내라는 손짓을 해댔다.

"아니, 그게 아니고 철한이가 너한테는 연락을 좀 하니?"

"아니요."

나는 그저 심드렁하게 대답했다.

"오늘이 토요일이지?"

"예."

마치 오늘이 토요일인 것을 잊고 있다가 갑자기 다가온 것처럼 움찔하며 대답을 했다.

"그럼 오늘 학교 끝나고 차 좀 갖고 집으로 와라. 뭐 다른 일은 읍지?"

어머니는 미처 대답할 틈도 없이 일방적으로 결정지어 버렸다.

"예. 그렇게 하죠."

학년말이어서 오늘 오후에는 생활기록부를 정리하려고 한 생각이 뒤늦게 떠올랐으나 형을 찾아보고 오라는 어머니의 의도가 확연한 이상 얼떨결에 대답을 해 버렸다.

"그럼 전화 끊는다."

찰칵 수화기 내려앉는 소리가 어머니의 말소리와는 달리 또렷하게 들렸다.

화장대 앞에 앉아 머리를 이리저리 돌리며 드라이기로 머리칼을 말리며, 형이 정산리 산마을로 들어가 벌써 몇 년째 들어앉게 된 것은 과연 누구에게 책임이 더 있을까 하는 생각이 들어 머리가 복잡해졌다.

그런 상념을 잊기라도 하려는 듯 더욱 세차게 머리를 흔들며 말렸다. 드라이기의 더운 바람으로 얼굴마저 화끈 달아올랐다.

"어머니가 당신 오라고 해요?"

아침상 앞에서 아내는 마치 어머니의 의도를 환히 꿰뚫고 있다는 듯, 득의의 표정으로 물었다.

"그래."

그저 심드렁하게 대답했다.

"이제 아주버님도 산마을에서 내려와 뭔가 새로 시작하셔야 할텐데."

아내는 짐짓 시가 일이 걱정스러운 듯, 그러나 눈길은 나와 시가쪽을 깔아보고 있었다.

"당신이 뭘 안다고 그래."

약간 신경질적으로 아내를 쏘아 보았다.

"아니 왜 나한테 신경질이에요?"

아내는 신경질적으로 콩나물 한 젓가락을 집어 갔다.

"아빠, 큰아빠가 이제 산사람이 됐어. 그럼 인제 빨치산이겠네."

일곱살짜리 민수가 숟가락을 든 채 말에 끼어들었다.

"에~ 형은 빨치산이 뭐야. 남부군이지."

연년생인 민국이도 한마디 거들었다.

"그런 말 하면 못써, 빨리 밥이나 먹어."

어이없어 하는 내 표정을 홀끔 훔치며 아내가 아이들에게 주의를 주었다.

"빨치산"

"남부군"

그래도 아이들은 재잘거리며 저희들끼리 킥킥 웃었다.

나에게 배당된 두 시간의 수업을 서둘러 교무실에서 생활기록부를 펴들었으나, 정리할 마음이 내키지 않았다. 교정의 소나무와 운동장 건너 생활관 기왓골을 타고 흘러내리는 눈 녹은 물을 바라보며, 세 가치째 담배를 연거푸 빨아댔다.

"이봐요, 우철구선생."

어느새 다가왔는지 등 뒤에서 교감이 불렀다.

"예, 교감선생님."

앉은 채 약간 의자를 돌리며 교감을 올려다보았다.

"뭐 고민이 있어요?"

"고민이라뇨?"

"아니 그럼 왜 창 밖을 하염없이 바라보며 줄담배만 피워요?"

"아니, 그냥."

약간 겸연쩍게 대답을 하며 뒤통수로 손이 갔다.

"아참 우선생은 시인이시지. 뭐 멋진 시상이라도 품어내고 있는 거요?"

"아니 그냥 좀"

역시 무의미한 대답만 거푸했다.

"아참, 지난번 고등학교 입시에서 우선생반 아이들 성적이 좋아 이사장님과 교장선생님 칭찬이 대단해요. 젊고 유능한 교사라고……."

교감이 말꼬리를 돌리며 느물거렸다.

"저야 뭐 한 게 있습니까? 다 윗분들이 배려를 잘 해주시고 아이들이 열심히 해 준 덕이죠."

"이번에 고등학교에 국어 선생이 하나 더 늘 것 같던데……."

창 밖을 보며 교감은 무심한 듯 지나가는 소리처럼 말했다.

한 재단에 중, 고등학교가 같이 있어서 중학교 교사들은 마치 상급학교로 진학하려는 학생들처럼 고등학교로 자리를 옮기려고 안간힘을 쓰고 있었다.

"저야 뭐 온지 얼마 됐습니까?"

"그래도 우선생은 실력도 있고, 이사장님과 교장선생님이 신임하고 계신데……."

교감은 이사장과 교장에 악센트를 주며 여운을 남겼다. 자신을 위시한 이사장과 교장을 찾아보라는 말을 노골적으로 하고 싶어 안달을 하고 있었다. 난 '됐네, 이사람아' 아이들이 코미디 대사를 흉내 내는 말이 떠올라 헛웃음이 나왔다.

교감과의 대화를 대충 마무리하고 현관 앞 백목련 빈 가지 옆에 서서 동공을 열었다. 웅변가를 자처하는 사회 담당 박선생의 거의 악을 써대는 수업 소리가 얼핏얼핏 들리고, 멀리 시루봉이 눈 쌓인 치악의 골짜기 사이로 달려와 별다른 감흥 없이 시야로 들어 왔다.

어머니가 있는 호저를 향해 다 낡은 포니2가 마지막 성능을 발휘했다.

조국 근대화 정책 덕분으로 잘 포장된 섬강 지류를 타고 달리며, 정선 어느 벽지 초등학교에서 형과의 옛일을 되살리고 있을지도 모를—아니면 잊었을—형수 생각이 났다.

"네 형수가 정이 많은 사람이라서 그렇지, 일을 저질렀던 것 같지
는 않지?"

형과 형수가 이혼한 후 내가 형에게 거의 대들다시피 형을 추궁했을
때, 형은 어이없게도 오히려 내게 묻는 듯이 말했었다. 약간은 쓸쓸하고
헛헛한 표정의 형을 보며, 형이 아니라면 고래실 봇도랑에 거꾸로 박고
싶을 정도로 심한 배신감과 분노를 느꼈었다.

호저 면사무소와 지서 사이 달구지길로 접어들었을 때 듬성듬성한 눈
때문에 차가 자주 기우뚱거려 핸들에 매달려 안간힘을 썼다.

'주산 과수원'

아버지가 20년 전쯤에 매달아 놓은 나무 팻말은 오랜 세월의 풍화로
마치 '주신 과무원'처럼 보이고, 그 팻말 뒤로 낯익은 과수원이 시야에
가득 찼다. 야산 중턱 조금 평편한 능선을 따라 잘 가꾸어진 사과, 배,
나무가 헐벗은 채 시린 눈 속에 발을 담그고 나를 맞았다. 풍성함을 털
어 내버린 황량한 나무들 사이로 어느새 내가 온 것을 알고, 수년째 과
수원을 지키고 있는 늙은 포인터가 컹컹거리며 차를 향해 내달았다. 눈
녹은 양지에서 몸을 뒤채는 누런 이파리들을 바라보며, 포인터를 앞세
우고 과수원 가운데에 있는 집을 향해 걸어 갈 때 휙 눈바람이 불어
왔다.

어머니, 나를 맞으러 작은 둔덕을 내려오는 어머니는 구부러진 허리
를 애써 곧추 세우느라 더욱 힘이 들게 느껴졌다.

"애비야."

윗목에 매달아 놓은 메주 냄새와 노인만 사는 특유의 냄새로 잠시
잊고 있었던 정겨운 향취가 스멀스멀 몸속으로 배어들어 왔다. 항시 정
갈한 모습으로 제자리를 지키고 있는 오동나무 옷장은 어머니의 진한

세월을 발라 나뭇결마다 반지르르한 윤기를 더해주고, 횃대보 아래 비죽이 드러난 어머니의 한복 옷고름이 어머니의 마음처럼 하늘거리고, 아까 나와 통화를 한 구식 전화기가 그렁그렁 울리는 것만 같았다.

"요새 형한테 연락이 읍지?"

"예."

"다녀가긴 했니?"

"요즘에는 통……."

"에이 무정한 놈 같으니."

어머니는 바튼 기침을 또 토해냈다. 겨울바람이 문풍지를 펄럭이며 윙하고 울었다.

서둘러 늦은 점심을 마치자, 어머니는 아귀가 맞지 않아 삐걱거리는 장지문을 밀치고 웃방으로 올라갔다.

좁은 툇마루에 앉아 사랑채 처마 밑으로 떨어지는 눈 녹은 물을 따라 마음 한구석이 방울방울 떨어져 내렸다. 검은 때가 덕지덕지 끼어 버린 슬레이트 골이 녹은 눈 사이로 짧게 비친 햇살을 받아 흉측하게 드러나곤 했다.

아버지가 죽고 형이 산마을로 들어간 후에 몇 번이고 이사를 권했지만, 어머니는 이 집을 떠나려 하지 않았다. 일철의 과수원 일은 송씨네가 돌보고 있지만, 바쁜 일철이면 어머니는 언제나 과수 그늘 밑에 매달려 살았다.

"나는 여길 안 떠나."

어머니의 대답은 매번 같이 반복되었고, 초등학교 교사인 아내가 민수와 민국이를 키우느라고 그렇게 애를 먹어도 어머니의 결심은 바뀌지 않았다. "혹시 당신 어머니 계모 아니에요." 아내는 노골적으로 투덜거리곤 했다.

어머니는 웃방에서 고추장, 된장, 장아찌, 사과, 배 등속을 차례차례 내다 놓았다.

"이것들 형 갖다 주고 끼니나 거르지 말라고 해라, 원 그 나이 먹어서 ……."

사십을 훨씬 넘어 버린 홀아비 아들을 위한 어머니의 정성이 아름답다기 보다는 한심스럽게 느껴졌다.

"그리고 언제 한번 다녀가라고 해라."

"설에야 오겠죠."

"지난해 설에도 안 왔잖니."

"그때는 눈이 많이 와서."

"그러니 좀 미리 오라고 해."

이제 어머니는 형이 집으로 돌아와 사람 구실을 제대로 해야 한다는 한가닥 희망은 가슴 저 깊은 곳에만 묻어 두고 혼자서만 더러 꺼내 보는지 겉으로는 아주 포기해 버린 것 처럼 전혀 내색을 하지 않았다.

어머니의 무게를 느끼며 짐들을 차에 싣고, 어머니와 포인터의 배웅을 받으며 차를 되돌렸다.

어머니의 눈길로 자꾸 가려워지는 뒤통수를 긁으며 면사무소 앞까지 나오자 차를 바삐 몰았다. 다시 원주로 나와 부론 가는 국도로 접어들었으나 눈이 완전히 녹지 않아 마음같이 빨리 달릴 수는 없었다.

김명화, 형수는 초등학교 6학년 때 담임선생님이었다.

문명의 혜택을 평등하게 받지 못하고 있던 시골 초등학교의 땟물 꾀죄죄한 아이들에게는 적지 않은 놀라움을 주었다. 대개 늙수그레한 선생들만 보던 우리들 앞에 교육대학을 갓 졸업하고 초임 발령을 받아 온 형수는 청초하고 신선한 아름다움이었다. 서글서글한 눈매와 갸름한 얼굴에 흰 블라우스와 검은색 스커트가 무척이나 잘 어울렸다. 풍금소리에 맞춰 수줍은 듯 맑은 노래를 부르던 형수에게 아이들은 서로 잘 보이려는 시샘을 벌이곤 했다. 찐 고구마, 옥수수, 자두, 살구, 사과, 배 등을 선생님의 책상에 몰래 갖다 놓기도 했고, 더욱 공부를 잘 하려고 노력도 했고, 그녀가 자취를 했던 건영이네 집으로 몰려가 까치발을 하고 엿보기도 했다. 형수의 집이 강릉이었기 때문에 방학 때 오래 비우는 것이 가장 큰 아쉬움이었고, 큰 기다림을 갖게 했다. 누구에게나 친절했던 선생님은 며느리가, 형수가, 새언니가, 아내가 되기를 바라는 많은 사람들의 입에 오르내렸다. 그때 형도 은근히 몇 번인가 나에게 선생님에 대해 물었다. 왠지 그때마다 나는 퉁명스럽게 제대로 대답을 해주지 않았다.

형은 원주 S대 경영학과를 졸업하고 군대를 다녀와 시내 은행을 집에서 출퇴근하고 있었다. 키는 멀대같이 컸지만 개구리 한 마리 제 손으로 잡지 못하는 여자다운 구석을 형은 많이 갖고 있었다. 초등학교에서는 1등을 놓쳐보지 않은 시골수재였기 때문에 부모와 동네 사람들의 기대가 대단했지만, 결국에는 대학을 그렁저렁 졸업하고 은행에 취직을 했다. 그래도 형은 기대에 미치지는 못했지만 근동에서 보기 쉽지 않은 선망을 받고 있었다.

때때로 담임선생님이 형수가 될 수 있을까 하는 생각을 더러 해 보긴 했지만 그리 실감나지 않았다. 그것은 마치 먼 나라의 일처럼 느껴졌고, 그런 생각을 할 때마다 서먹서먹한 감정으로 몸이 뒤틀리곤 했다. 가을 어느 날 청소를 마치고 혼자 교실에 있을 때 선생님이 들어왔다.

"철구야."

그렇게 다정하게 부르는 선생님의 소리를 처음 듣는 것만 같았다. 선생님과 단 둘이 있다는 느낌이 들자 마음이 설레고 부끄러워져 저절로 얼굴이 붉어졌다.

"예."

기어들어가는 소리로 겨우 대답을 했다.

"넌 형이 좋으니?"

느닷없는 질문에 묘한 얼굴이 되어 선생님을 쳐다보았다.

"형이 너한테 잘해주니?"

"예, 형이 좋아요."

선생님이 재차 물었을 때 겨우 대답을 하며, 마치 형에 대해 거짓말을 하고 있는 것만 같은 느낌이 들어 몸이 부르르 떨렸다.

"형이 무섭지는 않구?"

대답 대신 고개만 끄덕였다.

선생님이 내 머리를 쓱 쓰다듬어 주곤 총총히 사라진 후 한동안 멍하니 뒷모습만 바라보았다. 그러고 보니 어제 일이 떠올랐다.

낮에 건영이 엄마가 집에 와서 어머니와 오래 이야기를 하고 간 저녁 잠결에 어머니와 아버지가 형 장가에 관한 이야기와 우리 선생님 이야기를 하는 것을 설핏 들은 것 같았다. 어제 일과 아까 일이 오버랩 되면서 내가 모르는 사이에 무슨 일이 벌어지고 있는 것만 같은 조급함에 서둘러 집으로 내달았다.

"엄마."

숨을 헐떡이는 나를 보고 어머니는 의아한 눈길로 쳐다보았다.

"엄마, 저기."

"아니 왜 그러냐니까?"

"우리 선생님이 형 이야기를 물어 보던데."

"뭐라구?"

"그냥 이것저것."

"그래서 뭐라고 그랬어?"

어머니는 그저 담담하게 그러나 마른 침을 삼키며 말을 했다.

아까 문막을 지나면서부터 조금씩 내리던 눈발이 이제 제법 굵어져서 길에 눈이 꽤 쌓이고, 고물차의 와이퍼를 힘겹게 만들었다. 후용 고개를 넘어서자 남한강이 점점 가까이 보였다. 어릴 때부터 강을 보면 마음이 괜스레 설레곤 했다. 특히 푸르고 시린 빛을 띠고 유유히 흐르는 큰 강을 보면 강물에 마음을 담그고 있는 것만 같은 느낌이 들곤 했다. 강물이 지니고 있는 완 속의 유유함과 조급함 그리고 강물 속에 간직되어 있을 많은 이야기를 가슴 속에 품어 안고 싶은 충동을 느끼곤 했다.

어쨌든 형이 이곳으로 온 이래 몇 번 다녀가면서 바라보는 남한강 풍경은 항시 새로워서 좋고, 푸른 수면 위로 출렁거리는 흰 물살이 고요한 파문으로 가슴에 와 닿곤 했지만, 지금은 중간 급류 부분을 제외하고는 흰 눈이 쌓여 너른 평지처럼 보였다. 형을 만나러 오지 않고 시심만으로 이 풍경을 본다면 얼마나 좋을까 하는 생각이 가슴 저 언저리에서 서서히 일어왔다.

남한강가를 돌아 부론 쪽으로 조금 더 가자 눈이 바퀴 반쯤 쌓인 것처럼 차가 묵직해지고 헛바퀴가 돌아 그냥은 더 나갈 수가 없어, 차엣 내려 뒷바퀴에 체인을 매고 나자 그 사이 흠뻑 내린 눈이 옷 속으로 스멀스멀 스며들어 한기가 느껴져 왔다. 차는 힘겹게 겨우겨우 앞으로 기어 나갔다.

건영이 엄마가 두어 번 집에 와 큰 소리로 너스레를 떨고 간 후, 일요일에 어머니, 아버지와 형은 말쑥하게 차려 입고 원주 시내로 나갔다. 면사무소 앞 버스 정류장까지 따라 나갔다 돌아오는데 동네 사람들의 말소리가 들렸다.

"철한이가 김선생하고 선 보러 간다며?"

"암, 잘 어울릴게야."

"김선생도 시집 잘 오는 거지 뭐, 철한이도 착하고 집안 살림도 택택하고."

멋쩍게 돌아오며 애꿎은 돌만 자꾸 걸어찼다.

저녁에 어머니, 아버지만 먼저 집으로 돌아왔다.

"전번 가정 방문 왔을 때 하곤 틀려 보이지요?"

어머니가 흡족한 표정으로 확인성 질문을 했다.

"암, 그럼. 내 집 사람이다 하고 보니까 그렇지."

"그나저나 일이 잘 되었으면 좋겠어요."

"다 하늘의 뜻대로 하는 거지."

"둘 다 좋아하는 표정이죠?"

저녁에 막차로 돌아온 형은 괜한 웃음을 실실 흘리며 들어왔다.

이튿날부터 나를 대하는 선생님의 눈빛이 틀려진 것 같아 계면쩍어져서 눈길을 슬슬 피했다.

"철구는 좋겠네."

"선생님이 네 형수가 된다며."

"지난 일요일에도 느네 형과 선생님이 시내서 만났다며."

"아니야 엊저녁에도 뚝방에서 만났는데, 둘이 꼭 끌어안고……."

놀림 반 부러움 반으로 나를 둘러 싼 아이들 중에서 지금 말한 놈을 노려보자, 움찔 뒤로 물러났다.

"몰라 임마."

아이들 사이를 빠져나와 교실 뒤 컨 벽에 붙어 서서 가쁜 숨을 몰아쉬었다.

아침부터 온 식구가 부산을 떨었다. 문 창호지는 어제 새로 발랐고 과수원에서 일하는 송씨네 식구들 까지 와서 집안 곳곳을 말끔하게 털어 내고 닦아 냈다. 형은 은행에 나가는 날이 아닌데도 잘 다려진 바지와 흰 와이셔츠를 입고 사랑방을 들락거리며 안면에 웃음을 가득 담고 있었다.

"처음 오는 사람도 아닌데 뭘 그리 부산을 떨어."

아버지가 바삐 움직이면서도 짐짓 한마디 했다.

"그래도 그 때 가정 방분 오는 것과 같아요? 그리고 오늘은 그 댁 어른들도 같이 오잖아요."

"하여간 철구만 좋겠다. 선생님이 형수가 돼서."

송씨네 아주머니가 너스레를 떨었다. 또 얼굴이 빨개지기 시작했다. 점심때가 조금 못되어 더욱 상큼하게 차려 입은 선생님과 꾀죄죄한 흔적을 없애려고 노력은 상당히 했으나, 어쩔 수 없이 어머니, 아버지보다 훨씬 더 촌티가 흐르는 노인 내외가 왔다. 나는 이들이 저 아래 오는 것을 보고 울안 장독대 뒤에 숨어 두근거리는 가슴으로 숨을 죽였다. 이들은 엄숙하고 격식에 맞게 그러나 화기애애한 척 하면서 이야기를 하고 점심을 들었다.

"철구는 어디 갔나요? 아까부터 안보이는데."

"글쎄, 이 놈이 선생님이 오신다고 어디 숨었나 봅니다. 좀 얼떤놈이라서."

아버지의 말에 사람들이 폭소를 터뜨렸다. 에이, 아버지는……. 마치 숨어있는 장소가 들킨 것처럼 아버지가 원망스러웠다.

겨우겨우 형이 살고 있는 정산리 초입에 들어섰을 때 날은 벌써 어두워지고 있었다. 동네 입구 구멍가게에 들어가 풀썩 먼지를 뒤집어 쓴 한 되들이 소주 두 병을 샀다.

"원 눈이 또 온담. 이제 좀 그쳐야 될텐데."

오십대쯤으로 보이는 가게 주인이 혼잣소리로 중얼거리며 거스름돈을 내 주었다.

이듬해 내가 중학생 모자를 삐딱하게 쓰고, 시내 중학교를 자전거로 통학을 할 때 형과 선생님은 결혼식을 올렸고, 사랑방에 신방을 차렸다. 철구 도련님 하는 소리가 무척 어색하게 느껴졌지만 차차 익숙하게 되어 공부도 물어보고 여러 가지 이야기를 나누기도 했다. 그러나 쉽사리 형수소리가 나오지는 않았다. 하지만 때때로 다정하게 사는 형 내외를 볼 때 묘한 서운함이 느껴지곤 했다.

형수는 서글서글함과 바지런함으로 집안사람들로부터 사랑을 받았고, 형수에게서 느꼈던 신비스러움이나 아름다움도 점차 스러져갔다.

결혼한 이듬해부터 어머니는 은밀히 형이나 형수에게 종용했다.

"너희들도 이제 결혼한 지 꽤 되었는데 아이가 있어야지."

"이제 곧 생기겠죠."

형은 대수롭지 않게 대답했다.

"혹시 나중에 낳으려고 그러는 거 아니겠지."

"아니에요. 어머니."

형수가 낯을 붉혔다.

어머니는 형과 형수에게 번갈아 한약을 달여 먹였으나 아이는 생기지 않았다. 내가 고등학교에 들어갔을 때 형은 대리로 승진을 하여 춘천으로 발령이 났고, 곧 이어 형수도 그쪽으로 전근을 갔다. 나도 대학 입시를 핑계로 시내에 나와 자취를 하고 있어서 집에는 갑자기 두 노인만 남아 썰렁해졌다. 더러 용돈이 필요할 때마다 춘천에 가 보아도 형 내외는—형 성격이 그래서 그런지 그저 덤덤하게 그러나 아이가 없어서 그런지—쓸쓸함이 조금씩 감돌았다. 다만 변한 것은 형 주량이 조금 많아졌으나 염려할 정도는 아니었다. 아이에 대한 어머니의 바람은 지극했으나 별다른 소식은 없어서, 어머니를 애타게 만들었다. 속이야 형 내외가 가장 타겠지만 별다른 내색을 하지 않았다.

그런데 내가 사대 국어교육과를 1년 마치고 군대에 갔다가 첫 휴가를 나왔을 때 집안은 아연 긴장이 되어 있었고 부모님의 얼굴에는 수심이 가득했다.

형은 은행을 그만 두었다. 표면적인 이유는 정당한 사유 없이 과장 승진에서 누락되었다는 평범한 이유 때문이었다.

"그래 형은 요즘 어떻게 지내요?"

"어떻게 지내긴, 별로 하는 일도 없이 방구석에 들어 앉아 있단다."

"뭐, 다른 사업이라도 한 대요?"

"차라리 그랬으면 좋겠는데 그냥 집에 들어 앉아 무얼하는지."

어머니는 길게 한숨을 쉬었다.

"형수가 속이 많이 상하겠네."

"말이야 안하지만 상하구 말구지."

형은 어머니의 말대로 흔히 직장을 그만둔 사람들이, 더 좋은 직장에서 오란다는 큰 소리를 치거나 땅이라도 팔아 사업을 하겠다느니 하는 구상도 없이 그저 책상다리를 하고 앉아만 있는 것 같았다.

춘천으로 형을 찾아 갔을 때 그는 사부님이 되어 있었다.

형 내외는 춘천군쪽 시골 학교로 옮긴 형수를 따라 학교 관사에서 살고 있었다. 내가 마침 운동장을 가로 질러 관사가 있다는 학교 뒤편으로 가려고 교사 모퉁이를 돌아 갈 때 형은 한 떼의 아이들 사이에 있었다.

"사부님 오늘은 뭘 하셨어요?"

"책을 읽었지."

"무슨 책을 읽으셨어요?"

"여러 가지 책."

"만화책은요?"

"만화책도 읽었지."

아이들이 일제히 낄낄거리며 웃었다.

헐렁한 바지와 티셔츠를 입고 아이들 사이에서 반 조롱을 받고 있는 형을 보자 얼굴이 달아오르며 마음이 심하게 일그러졌다.

"형"

그제서야 나를 힐끔 보며 싱겁게 웃었다. 다행히도 실성한 눈빛은 아니었다. 형을 아이들 사이에서 끌어내어 식물원 뒤를 돌아 관사로 들어 갔다.

"아니 형 어떻게 된거요?"

"어떻게 되다니, 뭐가?"

형은 무심하게 오히려 나에게 묻는 듯 대답했다.

"지금 이제 뭔 꼴이에요."

"나도 이제 나를 찾아보려고."

형은 마치 철학자라도 된 듯 그러나 별로 깊은 생각 없이 하는 말처럼 무성의하게 들렸다.

"참, 그리고 아까 사부님이라는 말이 뭐요?"

"응, 그것. 선생의 마누라는 사모님, 선생의 남편은 사부님 아니냐."

헛웃음만 자꾸 나왔다.

형수는 내가 왔다는 이야기를 아이들한테 들었는지 잠시 들어왔다.

"철구씨 왔어요?"

형수는 내가 대학에 들어간 후부터 도련님 대신에 철구씨라고 불렀다.

"형수님 그간 안녕……"

무척이나 초췌해진 형수의 얼굴을 보니, 차마 말이 맺어지지가 않았다.

형이 기거하고 있는 방은 책과 먼지와 개지 않은 이불로 인해 무척 어지러워 보였고, 아이들 말대로 만화왕국이니 보물섬이니 하는 만화책도 더러 눈에 띄었다.

이곳에서 형이 하는 일은 밥 먹고 책이나 보다가 식물원가 이순신 장군 동상 옆을 돌아 국민학생용 변소에 쭈그리고 앉았다가 오거나, 애국 애족이라고 크게 써 놓은 벽면 아래에서 아이들에게 사부님소리나 듣는 것이 전부였다.

돌을 씹는 것만 같은 저녁을 먹고 형수와 함께 학교 안 잔디밭으로 나갔다. 나란히 앉는 순간 마치 초등학교 때 선생님의 눈길을 받고 설레던 생각이 뇌리를 스쳐 소리나지 않는 웃음을 가만히 웃었다.

"형수님 죄송합니다."

왠지 형을 대신해 진심으로 사과하고 싶었다.

"철구씨가 뭐 잘못한 게 있나요."

"형수님 마음이 많이 괴로우시죠?"

"나 보다는 저러는 형님이 더 괴롭겠죠."

"형이야 다 자기 좋아서 하는 일인데 괴로울 게 있겠어요."

나는 형을 빈정대고 있었다.

"그런데 좀 창피하긴 해요. 저러고만 있으니 다른 선생님들 보기도 그렇고, 아이들 보기도 그렇고, 학교 바깥으로 이사를 가자고 해도 막무가내로."

"그런데 형이 왜 저렇게 됐죠?"

"글쎄요, 저도 잘 모르겠어요."

"그래도 이유가 ……."

"저에 대한 오해로 지금 복수한다는 마음일 거예요."

총총히 많은 별들 중에서 지금 몇 개가 스러져 갔다.

"오해라뇨?"

형수는 한숨만 푹 쉬었다. 궁금하기는 했지만 더 캐물을 수 없는, 그리고 형수에 대한 좋았던 인상들을 오해로 인해 더럽히고 싶지 않은, 설사 형수에게 무슨 문제가 있다 하더라도 저러는 형이 더욱 미워졌다.

"형수님, 오해라면 차차 풀리겠죠. 그리고 말씀드리기는 거북하지만 아이가 있으면 형이 맘을 잡지 않을까요."

"철구씨 어디 그게 사람 마음대로 되나요. 그리고 형이 제 곁에 안 온지 꽤 오래 됐어요."

말을 마친 형수는 심하게 울먹이고 있었다.
별이 또 하나 스러지고 있었다.

"난 그냥 이렇게 사는 게 좋아."

형이 나에게 준 작별 인사였다.

내가 군대에서 제대를 하기 얼마 전 형은 끝내 이혼을 했다. 누가 먼저 요구했는지는 모르지만 형은 집에 돌아와 있었다. 집으로 돌아온 형은 거의 바깥출입을 하지 않고 사랑방에 묻혀 살았다.

형수는 교대에 다닐 때 2년간 입주 가정교사를 하면서, 민식이라는 엄마가 없는 초등학교 남학생 한 명을 가르쳤다. 주인 남자는 사업을 하는 사람이었는데 퍽 자상하고 인정이 많은 사람이었다. 점점 정이 들자 집안 살림을 거의 맡아 하다시피 했다. 결혼식 때 거액을 부조했다는 춘천 사람인 것 같았다.

형 내외가 춘천으로 갔을 때 민식이는 대학생이 되어 있었고, 더러는 가족 모두가 함께 만나기도 했다. 그 때 마침 남자의 사업이 부도가 나며, 사기혐의로 구속이 되었다. 형수는 더욱 외로워진 민식이를 잘 돌보아 주었고, 매일 음식을 해갖고 교도소로 면회를 갔다. 처음 몇 번은 그저 그러려니 했으나, 고지식하기만 했던 형은 횟수가 많아질수록 점점 불만이 증폭되어 갔다. 이제 그만 가. 당신이 뭐 그런걸 가지고 그래요. 내가 옛날에 신세를 많이 졌던 분이 어려운 지경에 있는데. 그것도 정도가 있지 매일. 너무 신경쓰지 마세요. 뭐라구? 급기야 집안에 분란이 일어났고, 형은 형수를 때리기까지 했다. 그래도 형수의 고집스런 면회는 그치지 않았다.

그때, 누군가의 입들을 거치고 돌아 형수는 단순한 가정교사가 아니었다는 소문이 형의 귀에까지 들어가고야 말았다. 형은 급기야 아이가 없는 것이 형수 때문이고, 그 불임의 원인에 대해 어떤 확신을 갖게 되었다.

얼마 후 형은 은행에 사표를 내고, 형수 주위에서 사부님이 되어 버렸다.

차를 이장집 앞에서부터는 조금도 더 나갈 수가 없어서, 그 집 옆에 차를 세웠다.

"우선생 동생이시구먼. 이 눈길에 고생이 많으셨겠소."

차 소리에 문을 열었던, 이장이 먼저 아는 체를 했다.

"예, 안녕하셨습니까? 차를 여기에 좀 세워놔야 되겠는데요."

"그렇게 해요. 그나저나 이 눈길에 우선생 집까지 올라가려면 고생하시겠네."

다행이 눈은 그쳐 있었지만, 이장집에서 빌린 큰 등산용 류색에 짐들을 넣어 지고 올라가는 길에 눈이 발목까지 빠져 자꾸 등허리를 내리눌렀다.

형도 한때 선생이었다. 집에 돌아와 있던 형은 무슨 생각을 했는지 모교의 사대 영어교육과에 학사편입을 했다. 집에서는 그나마 마음을 잡은 줄 알고 환영을 했다. 대학을 다시 마친 형은 다시 집에서 사랑방 귀신노릇을 하다가 아버지가 형에 대한 실망으로 죽은 지 얼마 후 부론중학교의 분만 대치 강사로 들어갔다. 두 달간 영어 선생을 하고난 형은 아예 화전민이 버리고 간 집으로 들어가 반 산사람이 되어 버렸다.

멀리 형이 살고 있는 집 불빛이 보이자 그나마 반가운 안도감이 들어 발걸음이 조금 가벼워졌다.

"네가 올 줄 알았다니까."

내 류색을 벗기며 형은 짐짓 반가워했다.

"내가 올 줄 어떻게 알았어요?"

나는 빈정거리며 말했다.

"산 속에 살면 도사가 되는 법이다."

형은 어느새 밥과 된장찌개를 끓여 내왔다.

"시장할텐데 빨리 먹어."

형의 눈은 그리움으로 가득 차 있었고, 그러는 형이 애처롭고 정겹게 느껴졌다.

"이 버섯은 지난 여름 산에서 따다 말린 것이고, 이 된장은 학부형 집에서 가져다 줬다."

"그래, 두 달 한 강사한테도 학부형 대접을 해요?"

"그럼, 이 동네 사람들은 얼마나 깍듯하다구. 아이들도 나를 철저하게 사부님으로 모시구."

사부님, 갑자기 헛웃음이 나왔다.

"어제도 이장이 다녀갔지만 동네 사람들이 뭐 어려운 일만 있으면 물으러 온다구. 내가 이 동네에선 대학을 두 번씩이나 졸업한 최고 인텔리켄차 아니냐."

장하도다 우리 형님. 이 말이 자꾸 솟구치려 했다.
저녁을 마치고 마주 앉아 소주 됫병을 열었다.

"형 여기서 지내기가 괜찮아요?"

"응, 여름부터 가을까진 남의 일 해주러 다니고……. 나도 이젠 상일꾼이다. 품값 받아서 쌀도 한 가마 벌어 놨어."

집에선 아무리 바빠도 사과나무 가지 하나 안쳐주던 형이……

"요즘에는 책만 읽어."

"그래, 이렇게 사니 마음이 편해요?"

"그럼, 편하구 말구. 쌀도 있고, 된장도 있고, 내무도 많이 해다 놨고."

형은 마치 어떤 경지에 이른 듯 지그시 눈을 감았다.

밥주발로 거푸 마신 소주가 온 몸으로 번져 왔다.

"너는 요즘 무슨 책을 읽니?"

"책이요?"

"시인이 책을 읽어야지, 참 전번에 신문을 보니 너 문학상 받았더구나. 두 달 뒤에 알았지만."

형은 책들을 뒤지더니 먼지를 털며 책 한 권을 내밀었다.

"너 이 책 갖다 봐, 전전에 여기 중학교 선생이 자기는 잘 이해가 안간다며 보라고 갖다 주더라. 그래서 나는 다 읽었지."

형은 득의만만한 표정이었다. 영문판 『문학의 본질』이었다.

"이 책이 아주 잘 돼 있어. 너 같은 시 나부랭이 쓰는 사람은 꼭 읽어봐야 될거야. 가급적 책은 원서와 원판본을 읽어야 해."

나는 책을 받아 겉장을 쓱 훑어보고는 옆으로 밀쳐놓으며, 형 주발에 술을 부었다. 형은 전번보다도 더 빨리 술에 취해 갔다.

"사람은 본질을 알아야해 ……. 그래야 오해도 없구……."

"오해."

"그래, 잘못 아는 게 오해야."

벽에 등을 비스듬히 기댄 형의 몸이 거의 쓰러져 갔다.

"너한테는 연락이 있니?"

"누구?"

"그 …….."

말을 다 마치지도 못한 형은 마치 혼절해 버린 것처럼 쓰러져 잠이 들었다. 대충 치우고 형과 나란히 누워 냄새나는 이불을 뒤집어쓰고 겨우 잠이 들었다. 조갈증으로 잠에서 설핏 깼을 때 어디선가 가녀린 동물이 우는 것만 같은 작은 흐느낌이 끊어질 듯 이어지는 소리가 들렸다. 문살에 비친 달빛이 더욱 고고하게 느껴지며, 소름으로 몸이 부르르 떨리며, 잠에서 완전히 깼었다.

몸을 일으켜 귀를 기울였을 때 그 소리는 방안에서 나고 있었다.

"며, 며 명화 내가 잘―못……."

형이었다. 불을 켜고 형을 흔들어 깨웠다. 소리는 이내 멈추었고 짐승처럼 움츠린 형은 다시 잠속으로 빠져 들어 갔다.

밖으로 나와 담배를 물며 하늘을 보았다. 날이 완전히 개었는지 총총한 별들 사이로 스무날 하현달이 기울고 있었다.

이상하게 머리가 맑아 오기 시작했다.

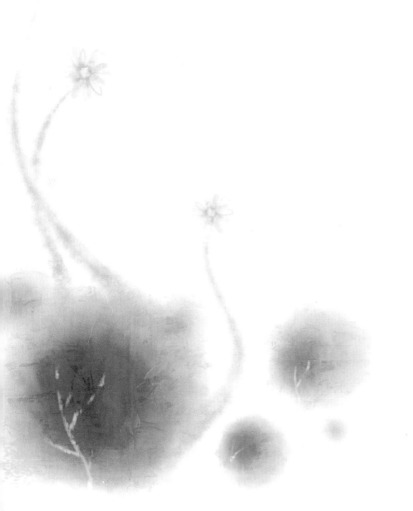

금선암에서

금선암에서

우리 신문에 고정 칼럼을 쓰고 있는 모교 행정학과 오형일 교수의 원고를 가지러 그의 연구실에 갔을 때 그는 마침 교수 회의에 참석 중이었다.

지리한 시간땜을 위해 행정학관을 나와 잠시 망설이며 담배 한 대를 피워 물었다.

여름 방학 중이라 무더운 날씨와 학생들이 뿜어내는 생동의 열기가 겹치어 지지는 않았지만 내 발걸음은 미술관 옆 나무 그늘을 향하고 있었다. 내가 다니던 문리대 건물 모퉁이를 돌아 나무들로 둘러싸인 미술학관 건물이 보였을 때 마음이 절로 편안해지고 시원해져 오는 느낌이 들었다.

학교 다닐 때도 적을 두었던 문리대 보다는 미대 쪽에 빠져 있었던 시간이 더 많았다.

내가 한 때는 화가를 지망하였던 탓도 있었지만 도심에 있는 캠퍼스답지 않게 작은 동산을 연상하게 하는 미대를 둘러싸고 있는 나무숲이 좋아서 인지도 모른다.

우리가 미대의 문이라고 불렀던, 큰 전나무 두 그루가 서 있는 미대건물이 바라다 보이는 입구로 들어섰다.

그때 오른쪽 잔디밭 위에 전에 보지 못하던 조각물이 하나 보였다.

'부자상'. 중년 신사인 듯 한 아버지가 청년이 다된 아들을 안고 있는 모습이었다.

어쩌면 아버지와 아들이 아닌 친구가, 형제가 가볍게 포옹하고 있는 형상이었다. 잠시 발걸음을 멈추었던 나는 그만 움찔 몸이 전율하는 느낌을 받았다.

작년 가을에 돌아가신 아버지, 아니 내 모습의 잊힐뻔한 형상이었기 때문이다.

'금선암 6킬로미터'. 낡은 나무 팻말 하나가 오대산 깊은 골짜기를 향하고 있었다.

월정사 일주문을 지나 길게 이어진 전나무 숲길을 걷는 내 발걸음은 조금은 피곤으로 나른해져 오고 있었지만 앞으로 남은 시오리의 길이 지루하게 느껴지지는 않았다.

무려 이십오 년 만에 찾아오는 이 길이었지만 아까 진부에서 버스를 갈아타고 월정거리를 들어서면 부터는 옛날의 모습들이 선연하게 내게로 쏠려 오는 느낌이 들었다.

이 길은 오대산의 주봉인 비로봉으로 이어지는 등산로여서 평일인데도 많은 등산객들이 오르고 내렸다.

이미 말복을 넘긴 절기상의 탓도 있겠지만 날씨가 약간 흐려서 걷기에 그리 덥지 않았다.

사진부 김기자와 함께 오랜 정계 생활을 떠나 동해안 어느 한적한 어촌에서 은둔하고 있는 노정치가에 대한 인터뷰를 마치고 강릉에 어젯밤에 도착했다.

서울로 올라가려면 갈 수도 있었지만 하루 더 머물기로 하고 경포로 나갔다.

어둠속에서 꿈틀거리는 밤바다의 출렁임을 들으며 생선회에 소주잔을 들었다. 해안 경비대의 써치라이트 불빛에 부서지는 파도의 하얀 포말이 무척이나 아름답다는 생각을 하며 또 한잔의 소주잔으로 김기자에게 건배를 청했을 때 그가 갑자기 물었다.

"참, 박형 고향이 어디요?"

"고향?"

그의 갑작스런 의아한 질문에 나는 잠시 머뭇거렸다.

"아니, 고향 말이요. 고향."

취기가 약간 오른 그의 말소리가 밤바람 속에서 조금 떨리는 것 같았다.

"허허, 내 고향 오대산이지요."

"허, 정말 오대산, 그러면 이곳에서 가까운 곳 아니요?"

전번 모교의 미대 앞에서 본 부자상이, 아버지가, 운봉스님이 한꺼번에 내 얼굴 위로 그늘져 가는 진한 느낌이 들며, 일순 취기가 확 날아나며 내 위로 바다 바람이 스치고 지나갔다.

오늘 아침에 김기자를 먼저 서울로 올려 보내고 진부에 내려 신부장에게 전화를 걸어 출장 연장 신청을 했다.

그 특유의 이유를 묻는 잔소리가 듣기 싫어 먼저 선수를 쳤다.

"부장님 뭔가 새로운 특종이 있을 것 같아 오대산에 들어갑니다."

"뭐, 특종 뭔데?"

"아, 자세한 것은 서울에서 ……."

"아니, 뭐네. 빨리 얘기해."

그의 말소리가 채 끝나기도 전에 수화기를 내려놓았다.

서울 올라가면 장거리 공중전화에 동전이 떨어졌다고 핑계를 대리라.

원색의 등산복 차림의 한 쌍의 젊은 대학생 같은 두 사람이 무엇이
그리 좋은지 텐트를 짊어진 채 시시덕거리며 옆을 스치고 내려갔다.

- 자식들 간밤에 저지레를 했겠군 -

일순 음탕한 웃음이 내 입가로 흘렀다.

아련한 기억으로 나마 금선암 오르는 길이 옛날 보다 잘 정비되어
있었고, 길 옆에서 흐르는 오대산 골짜기의 맑은 물소리가 걷기를 한결
수월하게 해주는 것 같았다.

상원사 쪽으로 나 있는 큰 길을 벗어나 금선암으로 들어가는 작은
산길로 접어들기 위해 작은 나무다리를 건넜다.

다리를 건너자마자 이제까지 올라오던 길과는 달리 점점 오르막길이
급해졌다.

왜 이 오대산 금선암까지 오게 된 지도 모르는 채 이곳에서 말을 배우
고 걸음마를 시작했다.

내게 처음 느껴진 것은 은회색 절간 분위기였다. 금선암은 비구니 절
로서 서너 명의 여 스님이 살았다.

나이가 지긋하게 드신 주지 스님이 계셨고 밑으로 젊은 여 스님들이
계셨는데 그 중에서 나를 제일로 귀여워하고 보살펴 주시던 스님이 운
봉 스님이었다.

나뭇가지가 흔들리는 살그락 소리가나는 곳에 청설모 한 마리가 다른
나무로 옮겨 가는 모습이 보였다.

손수건을 꺼내 땀을 닦으며 멋쩍은 웃음으로 그 청설모를 바라보았
다.

처음 금선암을 찾는 신도들이나, 방문객들은 이상스럽다는 듯한 시선
을 보내곤 했었다.

"비구니 스님 절에 웬 어린 아이일까?"

하지만 자주 금선암을 찾던 사람들은 올라올 때 과자를 사다 주기도 했고, 친구라곤 다람쥐와 산새들의 울음소리 밖에 없는 나에게 어린 아이들을 데려와 잠시나마 친구가 되어 주게도 했고 그들이 갖고 와 놀던 장난감을 그냥 놔두고 가기도 했다.

그러나 그들이 내려가고 나면 그들이 살고 있다고 가르쳐 준 먼 데 하늘을 바라보곤 했다.

나는 여전히 말이 별로 없는 아이였고 —사실은 말할 일이 별로 없었고— 숫기가 없는 아이가 되어 갔다.

어느새 주지 스님을 할머니 스님이라 부르고 운봉스님을 엄마 스님이라 불렀다.

내가 할머니 스님, 엄마 스님이라 부리게 된 것은 웅이에 대한 시샘으로 시작된 것이다. 금선암에서 가까운 곳에서 산다는 웅이가 엄마와 함께 올라와 어느 때처럼 같이 놀았다.

그런데 웅이가 갑자기 무슨 심통이 났는지

"이 까까 새끼중아. 넌 엄마 없지. 난 집에 가면 할머니도 있다."

그 말을 듣는 순간 말 뜻도 제대로 모르면서 알 수 없는 설움으로 울음보를 터트리며 법당 앞에서 웅이 어머니와 이야기를 하고 계시는 주지 스님에게도 달려갔다.

"스님. 난 왜 엄마가 없어요? 난 왜 할머니가 없어요?"

"누가 그러든?"

"웅이가요."

웅이 엄마는 당황하며 웅이를 데리고 갔고 주지 스님이 내게 말했다.

"네가 왜 엄마가 없고 할머니가 없어."

"어디 있어요?"

"내가 네 할머니고 운봉스님이 네 엄마란다."

"정말요?"

"그-럼"

이때 어디서 나타났는지 운봉스님이 달려와 나를 장삼 자락으로 꼬옥 안아주었다.

"엄마 스님."

눈물을 장삼으로 훔치며 작은 소리로 말했다.

여섯 살이 되었을 때 엄마 스님과 머루를 따러 산골짜기 속으로 들어 갔다가 처음으로 그 골짜기를 타고 올라가 절 뒤쪽 봉우리에 올랐다.

멀리 바라다 보이는 처음 보는 넓은 세상이 신기하고 경이로웠다.

산과 산이 이어진 곳에 분지들이 보이고 집들이 성냥곽만하게 느껴 졌다.

"엄마 스님. 저기에는 누가 살아요?"

"응, 저기에는 사람들이 살고 있지."

"사람이요?"

"그래."

절간에서만 자라온 나는 사람들은 산속에서만 사는 줄 알았는데 저런 곳에도 사람이 살다니 …….

"그럼 우리 아버지도 저기 살아요?"

"아버지?"

"예."

그 순간 엄마 스님이 먼 데 하늘을 바라보다가 무릎을 꿇고 나를 말없 이 안아 주었다.

그의 눈에 그렁그렁 작은 이슬방울이 보였다.

"엄마 스님. 우리 아버지도 저기 사느냐구요. 그런데 엄마 스님은 왜 울어요?"

"응, 내가 울긴. 네 아버지는 저기가 아니고 더 먼데 사신단다."

아버지라는 사람은 일년에 한 두 번 금선암을 찾아 왔다.

이 산속 옷이 아닌 이상한 옷을 입고 찾아오는 아버지는 젊은 남자였다.

처음 주지 스님이 나를 불러 아버지라고 부르라고 했을 때 아무런 느낌도 들지 않았다.

"아버지?"

"그래, 이 분이 관이 네 아버지란다."

"관이야, 이리 온. 내가 네 아버지야."

갑자기 머쓱해져서 도망치고 싶었다. 아버지는 나를 안아 까실까실한 턱수염으로 내 얼굴을 부볐다.

그 후로 절 마당에서 놀다가 아버지라는 사람이 오면 뒤꼍이나 내가 잘 노는 숲속으로 들어가 숨어 있다가 나른함으로 잠이 들곤 했다.

그러나 깨어나 보면 아버지의 품안이었다.

몇 번이나 되돌아보며 산을 내려가는 아버지의 모습이 점차로 가슴이 느껴지고 왔으면 하고 기대려질 때도 있었다.

"관이야. 너 절에 내려가서 아무 스님에게도 내가 여기서 울었다는 이야기를 하면 안된다."

나를 가슴에서 풀고 운봉스님이 내게 말했다.

"엄마 스님은 거짓말쟁이. 울지 않았다면서요."

"그건……."

나는 절에 내려와 아무 스님에게고 운봉스님 이야기를 하지 않았다.

그날 밤 밤중에 오줌을 누러 처마 밑에 나왔을 때 법당 안에 불이 켜져 있고 가냘픈 독경 소리가 산사의 적막을 조금씩 울리고 있었다.

일곱 살이 되었을 때 어느 날 새벽 운봉스님은 나를 업고 금선암을 나섰다.

월정사 입구까지 나와 터덜거리는 버스를 탔다.

"엄마 스님. 이게 뭐예요?"

그저 신기하기만 한 내가 물었다.

"이게 버스란다."

엄마와 같이 있는 내 또래의 아이가 작은 소리로 말했다.

"까까중 촌놈."

진부에 내린 나는 엄마 스님의 손을 놓칠세라 꼬옥 붙잡고 따라 다녔다.

생전 처음 보는 집들이, 상점의 물건들이 마치 먼 나라에 온 것만 같았고, 많은 사람들이 있는 것이 놀라왔고, 지나가는 개들마저도 무섭게 느껴졌다.

옷가게에 들어가 엄마 스님은 장삼 자락으로 만든 잿물빛 내 옷을 벗기고 다른 아이들이 입는 것과 갖은 알록달록한 현란하게만 느껴지는 옷을 사 입혀주었다.

그 옷을 입는 순간 마치 하늘을 날아 뛰어 오르는 것과 같았다.

엄마 스님은 전번에 웅이가 한 개 갖다 준 것과 같은 나무에 꼬인 사탕도 몇 개나 사주었고 이상한 국수도 먹여 주었다.

어스름 저녁에 엄마 스님의 등에 업혀 전나무 숲길을 따라 절로 오르면서도 전혀 무서움이 따르지 않았다.

"엄마 스님."

"왜요."

"우리 내일 진부에 또 나오면 안 돼요?"

"왜 또 오고 싶니?"

"예, 매일매일 오고 싶어요."

엄마 스님이 혼잣소리로 말했다.

"이제 더 좋은 곳에서 살게 될텐데."

엄마 스님이 혼잣소리로 말했다.

산길을 오르기가 조금 숨이 차서 작은 바위에 걸터앉아 담배 한 대를 빼물며 숨을 가다듬었다.

나무 밑 풀잎 위에 맺혀진 아침 이슬이 아직도 마르지 않고 맑은 눈을 가진 소녀의 수정체 같이 반짝 빛났다.

흐렸던 날씨도 일순 반짝 빛이 났다가 다시 움츠려졌다.

엄마 스님과 다시 진부에 가 보지는 못했다.

진부에 다녀온 다음부터는 계속 엄마 스님이 새로 사준 옷을 입고 다녔고 며칠 동안은 줄곧 그때의 생각에 젖어 있었다.

어느 날 저녁 주지 스님 방에서 놀다가 잠이 들었다.

얼마를 자다가 얼핏 잠결로 주지 스님과 엄마 스님이 낮게 깔린 음성으로 이야기 하는 소리가 들렸다.

"운봉아. 내일이 박선생께서 오신다는 날이지?"

"예."

"이번에 올라와서 관이를 데려간다지."

나는 잠이 확 깨며 하마터면 소리를 지를 뻔 했다. 그러나 용케도 참고 귀를 기울였다.

"이제는 학교에 넣어야 되겠기에."

두 사람의 침묵이 시간이 길게 이어지다 주지 스님이 약간 감성이 섞인 목소리가 울렸다.

"운봉아, 네게 뜻이 있다면 관이를 데리고 박선생 따라 내려가거라."

"아닙니다. 스님."

"사람이 자기를 숨길 필요는 없다. 그게 다 자비하신 부처님의 뜻이 아니겠느냐."

"저에게는 그럴 뜻이 없습니다."

"그게 정녕 네 뜻이냐?"

"예."

"됐다. 그게 다 무한 공덕이 아니겠느냐."

"다 그 동안이 스님의 큰 공덕이옵니다."

"허허, 그게 어디 내 공덕이냐. 네 공덕이지. 관이를 데려다 재우고 쉬도록 해라."

엄마 스님은 나를 데려다 누이고는 선뜻 내 방을 나서지를 못했다. 어느새 새벽 예불을 알리는 종소리가 울렸다.

아침 일찍 아버지가 금선암에 올라와 법당 안에 들어가 한참이나 있다가 나왔다.

스님들과 차례로 합장 인사를 나누고 아버지는 내 팔을 잡았다.

아무 말 없이 잔잔한 미소로 바라보는 주지 스님과 엄마 스님을 나는 그저 덤덤히 대할 수 있는 마음이 이상스레 느껴졌다.

나는 당연하다는 듯이 아버지의 손에 이끌려 금선암을 뒤로 했다.

그날 온종일 차를 타고 아버지의 집인 대전에 도착했다.

집에는 밥을 해 주는 할머니와 세 식구만이 살았다.

먼 친척이라는 할머니는 작은 일까지도 세심하게 보살펴 주었고, 시청의 꽤 높은 공무원이었던 아버지는 시간이 있을 때마다 나를 데리고 이곳저곳 구경을 시켜 주었고, 때로는 멀리까지 데려가 주었다.

금선암에서 느꼈던 아버지와는 달리 점차로 그의 자상함과 쾌활함에 끈끈한 정이 생기고, 모든 것들을 처음 보는 경이로움과 신기함이 점차로 친숙하게 느껴졌다.

옆집 아이들의 입에서 점차 촌놈 소리가 사라져 가고, 초등학교에 입학을 하면서부터 점차로 금선암과 엄마 스님을 생각하는 시간들이 적어져 갔다.

아버지의 빈번한 전근으로 거의 전국을 돌며 학교를 다녔다.

어쩌다 금선암에 대한 이야기를 하면 아버지는 그저 "좋은 분들이니까 잘 계시겠지." 하곤 했다.

아버지는 나를 금선암에 데려다 주려 하지도 않았고, 나도 어린 시절을 보낸 멋쩍음 때문인지 굳이 찾고 싶은 생각도 없었다.

아버지는 여러 번 재혼을 권유 받았으나 완강히 거부했다.

홀아비여서 그런지 아버지는 한 번도 기관장이 되지는 못하고 중견 간부로만 떠돌고 있었다.

내가 대학을 다니러 서울로 올라오면서 아버지에게 처음으로 새 엄마를 얻기를 말했다.

역시 아버지는 평소 나에 대한 부드러운 모습과는 달리 단호하게 부정했다.

크면서 얼마 동안은 금선암의 엄마 스님이 내 친 엄마일지도 모른다는 생각이 들 때가 많았지만, 주위사람들의 이야기를 들어보면 그게 아니었다.

내 친엄마는 분명히 있고, 아버지는 그녀를 무척이나 사랑했다.

갑자기 날씨가 컴컴해지며 빗방울이 떨어지기 시작했다.
아직 금선암은 좀 더 가야되는데 빗방울은 금세 굵어졌다.
무작정 걸음을 빨리 했다.
그때 저 앞에 초가집 한 채가 보였다.

　"아참, 그렇지."

금선암 조금 못 미쳐 가서 약초를 캐러 다니는 부부가 사는 집이 있
었다.

　그 집이 폐가일지라도 모른다는 생각이 들었지만 우선 거기에서 비를
잠시 피할 양으로 달려갔다.

　노인 부부가 툇마루에 앉아 있었다.

　"저, 죄송하지만 잠시 비를 좀……."

　"자, 이리로 올라 오시유."

내가 흙으로 만든 봉당 위로 올라가 젖은 머리를 털었다.

　"이리로 좀 앉아요."

　할머니가 툇마루 한쪽 켠 약초 놓았던 자리를 걸레로 훔치며 자리를
만들어 주었다.

　"어디로 가는 길이요?"

내 아래위를 훑어보며 등산객 같지는 않다는 듯 물었다.

　"금선암에……."

　"금선암에는 무슨 일로?"

　"예, 그저 좀."

그런데 그 노인 내외는 내 얼굴을 빤히 들여다보더니 고개를 갸우뚱 거렸다.

"그래, 어디서 오는 길이요?"

"서울서 왔습니다."

"서울 ……."

"닮았어."

할아버지가 할머니를 보며 말했다.

"닮았다니요. 누굴?"

"아니 우리끼리 하는 얘기요."

"그런데 대전인가 살고 있다는 그 아이도 지금 컸으면 이 청년만한 나이가 됐겠지?"

"맞아요. 이 청년만큼 됐을거예요. 거 이름이 뭐라 하더라. 하두 오 래전 일이라서."

"관이라고 하던가? 하여간 외자 이름이었는데."

"옛! 누구라구요?"

"아, 왜그러시우?"

"아, 아닙니다."

"그러니까 한 이십년이 넘었는데 한 아버지가 막 젖을 뗐을까 하는 갓난아이 하나를 윗 절에 갖다 맺겼다 데려간적이 있지요. 지금 그 생각이 나서."

할머니가 말을 받았다.

"그 아이는 그때 떠나고는 한 번도 오지 않았지만 그 애 아버지는 가끔가다 다녀가곤 했지요. 작년 여름까지 다녀가더니 죽었다고 하던 가."

내가 대학을 졸업하고 신문사에 취직을 하던 해 아버지는 쉰다섯이라는 한참 나이에 명예퇴직을 했다.

다만 표면상의 이유는 한계를 느낀다는 것이었고 실제로는 조용하게 살면서 세상 구경이나 하겠다는 거였다.

아버지는 대전 근교에 퇴직금으로 작은 집 한 채와 약간의 토지를 장만했다.

어디에 갔다 왔느냐고 말하면 그저 "심심해서 바람 좀 쐬고 왔다" 하고 얼버무리곤 했다.

퇴직 후 아버지는 서울에도 가끔 들리곤 했지만 장거리 전화를 걸어 보면 집에 없는 때가 많았다.

"그래, 그분은 여기 자주 오셨나요?"

"누구?"

"그 애를 맡겼었다는 분."

"아니, 자주는 아니었고 일 년에 서너 번. 뭐 평신도였다는 이야기도 있고 주지 스님이었던 운봉스님과 옛날에 정분이 있었다는 이야기도 있고."

"어느 주지 스님이라구요?"

"운봉스님. 왜, 아시유?"

"아니, 그저."

"옛날에 그 관이란 아이를 운봉스님이 키우다시피 했지. 그때 얘기로는……"

"다 지나간 얘기는 해서 뭣하슈."

"아, 지나간 얘기니까 하지."

아버지가 서울에 왔다 간지 얼마 안돼서 위독하다는 연락이 왔다. 얼굴이 전보다 더 수척해졌다는 것 밖에 발견하지 못한 내가 건강을 염려하자,

"나도 이제 늙나 보지"

하고 대전으로 향하던 아버지였다.

내가 대전 병원에 도착했을 때 아버지는 이미 운명 직전이었다.

"관이야!"

아버지는 내 손목을 겨우 붙잡은 채 세상을 떠나셨다.

아버지의 유품을 정리하다가 낡은 고리짝 같은 가방을 발견했다. 꽤나 묵직한 것이 책 같은게 들어 있는 것 같았다.

빛바랜 일기장.

고시에 합격을 했다. 수년에 걸친 각고의 기쁨이요. 내 스스로가 만들어 낸 것이 아닌 것만 같은 결실이다.

....

이 기쁨과 결실 위에 꼭 새기고 싶은 이름 채희. 얼싸안고 춤이라도 추고 싶고 저 넓은 희망의 새 평원으로 달려가고 싶다. 하지만.

무엇이 기쁨인지 무엇이 슬픔인지 이 기본적인 것 마저 구별할 수 없을 것이라는 아니 없다는 무감동한 기분으로 모든 생활이 이루어지는 것 같다.

거리의 네온싸인이 현란하게 반짝거리고 많은 사람들이 거리에서 출렁거린다.

나란 무엇인가. 고시 합격자라는 고급공무원이 되리라는 우쭐함도 나에게는 없다. 그저 저 흘러가는 사람의 물결 속에 하나의 객체이고 싶다.

그 객체로서 나의 분신과도 같던 또 다른 객체를 발견하고 싶다.

어디로 갔을까. 아니, 온 데가 없으니 간데도 없겠지. 그러나 머물렀다는 것은 내 마음일까.

결혼.

남영을 만나 결혼을 한다.

사랑하기로 한다. 아니 사랑하여야 한다.

관이가 태어났다.

새로운 생명의 태어남에 하고 싶은 생각은 축복밖에 더 있으랴. 작은 몸짓으로 꼼지락거리는 내 아들 관이는.

나와 같은 체구로 자라고 나와 같은 생각을 할 수는 없겠지만 내가 만든 내 분신. 남영이 아니, 아내가 진정으로 사랑스러워진다.

아내의 죽음.

서른 살의 아내는 나와 관이를 남기고 죽었다.

"사랑하였다는 말"

그것은 아내의 진실이리라.

그러나 아내의 죽음 앞에서 되돌아보면 나는 아내를 진실로 사랑하였던가.

내 아내였다는 것, 관이의 엄마였다는 것 보다 더 큰 의미가 있었을까.

마치 내가 사랑하였던 것 같은 허상이, 무책임이 아내를 죽게 만든 것 같기만 하다.

나는 또 객체의 역할에서 벗어나고 있는 것 같다.

한 번 흘러간 강물은 천둥과 먹구름 속에서 만나도 한번 헤어진 사람은….

채회를 찾기로 하자. 내 어리석음과 죄과를 반복하지 않기 위해서 세상 어디엔가 있을 채회를 찾기로 하자.
내 위선이요 사악한 마음으로 일지라도 채회를 찾기로 하자.

아버지의 일기장은 빛바랜 대학노트에 일기가 아니라 자전 에세이 식으로 이어지고 있었다.

부처님전에 삼배하고 운봉스님께 관이를 부탁했다.
운봉스님은 쉽게 내 청을 허락하며 관이를 받아 안았다.
관이를 맡기고 금선암을 내려오는 내 발걸음은 하나의 죄과를 떨어버린 듯, 아니 새로운 인연을 맺은 듯 눅눅하지만 가벼운 마음이 되었다.

그 이후 다시는 아버지의 일기장을 펼쳐 보지는 않았지만 어떤 의무감 같은 것이 생겼다. 꼭 금선암을 찾아야겠다는.
언제 비가 쏟아 졌냐는 듯이 비가 활짝 개었다.
"참, 운봉스님 사십구제가 오늘인가? 내일인가?"
막 자리에서 일어나려는 데 할아버지가 말했다.
"글쎄. 오늘 같기도 하고 내일 같기도 하고."
"그럼 운봉스님이 돌아가셨나요?"
"응. 전번에 입적하셨지. 아주 편안하게. 하긴 좋은 분이었으니까."
거의 단숨에 금선암까지 오른 것 같았다.
금선암은 옛날과 별로 변함이 없다는 친근감이 들었다.

고운 단청을 한 처마 끝에서 뎅그렁 풍경소리가 손님을 맞았다.

합장한 젊은 비구니스님이 눈으로 나에게 물었다.

잠시 주저거리는 사이 늙은 스님이 한 분 나왔다.

　"아니, 자네 관이."

낯익은 스님의 말끝이 파르르 떨렸다.

　"예, 저 박관입니다."

마치 내가 올 줄 알았다는 듯 나를 이끌었다.

　"자, 들어가 아버님 뵈옵게."

　"아아, 아버님이라뇨?"

노스님은 말 없이 법당을 가리켰다.

오랜만에 맡아보는 그윽한 향훈이 온 몸으로 스며들었다.

아버지의 영정이 부처님전에 모셔져 있었다.

삼배하는 다리가 무척이나 후들거리며 몸과 마음이 서로 아스라이 멀어져 가는 것 같았다.

얼마 만에 법당에서 나왔을 때 노스님이 빙그레 웃었다.

　"좀 더 일찍 오지 않고."

　"예?"

　"운봉스님은 자네를 기다리셨네."

　"죄송합니다."

　"아니 아니, 괜찮아. 다 그런게지. 내일이 운봉스님 사십구제네."

어디선가 매미소리가 들렸다.

　"이제 여름도 다 가려나 보지."

"그런가 봅니다."

"예."

"잠깐만."

노스님이 방안으로 들어가더니 잠시 후 하얀 보자기에 싼 것을 갖고 나왔다.

"다 태웠는데 이것만은."

보자기를 펼치자 "아" 갑자기 울음이 쏟아질 것만 같았다. 일기장이었다.

"자네가 간직하게."

산길을 내려오며 잠시 잊었던 기억을 되살려냈다.

777-0000

아직도 내가 사랑하고 있는, 나를 사랑하고 있을 성현에게로 가는 전화의 발신음이 길게 울렸다.

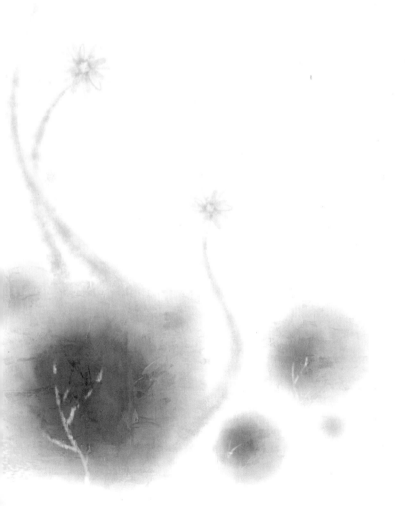

다시 귀천

다시 귀천

지성적이고, 아름답고, 거기다가 무척이나 감성적인 여자와의 한 시점을……

때때로는 꿈을 꾼다.

새벽 2시 39분.

만원을 주고 산 나의 디지털 손목시계는 항시 제 값어치를 한다. 또 기침, 초겨울의 오랜 비 때문인지 이놈의 기침이……

누가 좋다고 알려준 대추를 넣은 우유가 등산용 버너 위에서 졸아든다. 마시자.

책상 밑에 쌓아둔 뭔가 나의 편린이 담긴 종이 조각들을 밟으며, 나의 타이프 소리로 베란다를 같이 하는 이웃집의 정사의 절정을 깨뜨리지 말아야 할 텐데……

그러나 매일 아침이면 8시 18분에 떠나는 출근 버스를 타야하고 그 이후 보장되어 지는 시간이 있을까.

한 여자를 생각한다.

버스에서 내려 신영극장 쪽으로 향하는, 또 그 버스를 타기 위해 한전 앞을 바삐 지나가는 석양 무렵의 사람들을 내려다보며 오인방은 엘리제 커피숍에서 바하의 선율을 찻잔 위로 흘렸다.

누가 먼저 모이자고 한 건 아니었지만 박시인이, 안작가가, 이화백이, 명피아니스트가, 모코치가 차례로 모여진 자리다.

"자, 이렇게 앉아만 있을거야?"

거푸 담배를 빨던 박시인이 슬쩍 안작가를 바라보며 말했다.

"아" 발행된 지 몇 개월이나 지난 철 지난 잡지를 뒤적이던 안작가가 기다렸다는 듯이

"형님, 주선과 주귀가 만나 어디 그냥……."

말을 받았다.

"그래서 또 술 먹으러 가자는 거예요?"

바하에 심취한 척 하던 명피아니스트가 신경질적으로 둘을 동시에 쏘아 보았다.

"아니, 이 사람 주선은 누고 주귀는 누구야."

박시인이 슬쩍 말을 돌렸다.

"하여간 형님 한잔" 안작가가 손으로 술 마시는 흉내를 내며 박시인을 보며 눈을 끔쩍거렸다.

"그저 못 말린다니까."

소녀와도 같이 센치한 표정을 지으며 이화백이 헛웃음을 지었다.

"아, 그래 오죽 할려구."

모코치가 더펄거리며 벌써 일어설 채비를 차렸다.

"자, 좋아. 가자구 오늘은 어디야?"

박시인이 일어서며 안작가를 보았다.

"어디긴. 맷돌로 갑시다."

안작가가 벌써 저만치 나가고 있었다.

"아줌마 우선이요."

안작가가 거푸 소리쳤다.

"알았어요."

넉살스런 주인아줌마가 오늘은 뭐가 다르랴 하는 표정으로 흘끔 쳐다 보았다.

"자, 한잔 하자구."

박시인이 소주잔을 쳐들었다.

박시인과 안작가는 단숨에 잔을 비우고 서로의 잔을 교환했다. 명피아니스트와 이화백과 모코치는 잔을 입에 대다가 내려놓았다.

작년 연말에 신영극장에서 자선 음악회가 열렸다.

마침 그 앞을 지나던 박시인의 주머니 속에서 누군가에게 억지로 산 음악회표가 꼼지락거리며 손에 잡혔다.

특별히 갈 데도 없어서 극장 안으로 들어가려다, 극장 입구에서 꽃 한 송이를 샀다.

- 아무에게나 주리라 -

그 꽃은 명피아니스트에게 주어졌고, 그래도 교양있고 지성인들이 모인 음악회장을 잠시 웃음으로 소란스럽게 했다.

"자, 이 꽃을 그대에게 바치는 나를 기억해 주슈."

얼마가 지난 후 우연히 버스 정류장에서 그 둘이 만났다.

"나를 기억하시겠습니까?"

"글쎄 ⋯⋯."

"전번에 꽃은 제가 드렸으니까 커피는 피아니스트께서 ⋯⋯."

"아! 그 무례한!"

"그렇습니다. 제가 바로 박."

"됐어요. 더 소개하실 필요 없어요. 난 댁 같은 사람한테는 관심이 전혀 ⋯⋯."

"하여간 나는 시를 쓰는 박유민이요."

그때 23번 버스가 다가왔고, 명피아니스트는 열리는 버스 앞문으로 빨려 들어갔다.

"그럼 다음번에 정말 우연히 만나면 커피 한 잔."

명피아니스트의 뒷모습을 따라 박시인의 말이 버스 안으로 약간 공허하게 헛소리처럼 흘렀다.

"자 또 한 잔" 박시인은 어느새 또 한 잔의 소주잔을 비우고 잔을 안 작가에게 돌렸다.

"아, 좀 천천히 좀 들어요. 어디 소주 못 마시고 죽은 조상 있나."

그러면서 이화백도 잔을 들었다.

"아, 소주 못 마시고 죽은 조상은 없지만 경월 못 마시고 돌아가신 우리 할아버지는 계시지. 안 그래 작가선생."

"아, 형님. 어디 할아버지뿐이겠소. 중조할아버지도 못 마시고 돌아가셨지."

"자 그럼, 조상님들을 애도하는 의미에서 한 잔."

약간은 고독하고, 엄숙하게 하는 진한 커피 내음이 흰 사기잔 속에서 색유리로 차단된 석양 빛으로 작은 굴절을 이루었다. 여전히 싸늘한 거부의 표정을 짓고 있는 명피아니스트의 얼굴과 그녀의 하얀 레이스를 단 검은색 투피스가 묘한 조화를 이루고 있었다.

"용건이 뭐죠?"

명피아니스트가 박시인을 쏘아 보았다.

"하, 용건. 저번에 말씀 드렸듯이 이렇게 우연히 만난거죠."

잠바의 목덜미 부분을 감싼 검은 점 박힌 빨간 머플러가 인상적이긴 했지만 박 시인의 모습은 전체적으로 방만하게 흐트러져 있었다.

"그리고 저는 또……."

"알고 있어요. 시를 쓰고 있다는 것."

"그리고 저는 또……."

"대단히 무례하다는 것도 알고 있어요."

"나도 댁에 대해서 좀 알고 있지요. 피아노를 좀 친다는 것, 바로 내가 나온 중학교에서 학생들의 음악적 자질 함양을 위한다는 명목하에……."

"뭐예욧!"

명피아니스트의 눈이 더욱 싸늘해졌다.

"그리고 대단히 건방진 성격을 소유하고 있으시다는 것 까지."

"이제 그만 자리를 비켜 주시죠?"

어느새 눈가부터 거나해진 박시인이 잔을 명피아니스트에게 건넸다.

"그 때 나는 이런 기분이 들었지. 아, 저 얼굴에 햇살이……."

"형님 나도 그래요."

안작가가 말을 받았다.

"뭐야, 너 까지."

명피아니스트가 안 작가를 흘겨보았다.

"너라니?"

"그럼 누님이 동생한테 너라고 못 하니?"

"야, 나이 적은 누나도 있니?"

"넌 몇 번을 말 해줘야 알아듣겠어. 여자는 남자보다 정신 연령이 세살 많잖니."

"거 또 싸우네, 그저 만나기만 하면."

이화백이 혀를 찼다.

"언니, 그냥 놔둬요. 애들은 싸우면서 크는거지."

"야, 너까지."

명피아니스트가 모코치를 흘겨보았다.

"자, 싸우지 말고 술이나 한 잔 들자구."

박시인이 또 잔을 쳐들었다.

박시인

성명 : 박유민   나이 : 35세

본적 : 강원도 평창   현주소 : 강릉시 홍제동

직업 : 국영기업체 직원

특기사항 : 시 전문지에 추천 완료로 등단한 시인이며 술에 일가견이
          있고 주선 칭호를 받고 있으며 자칭 여성 숭배론자임.

안작가

성명 : 안치행   나이 : 29세

본적 : 강원도 원주   현주소 : 강릉시 초당동

직업 : 공무원

특기사항 : 작가 지망생으로 남들에게 보여진 작품은 없으며 술을 걸핏
          하면 먹어 주귀 칭호를 받고 있으며 소문상으로 여자관계가
          복잡함. 박 시인의 인생 후배로 자처.

이화백

성명 : 이유경   나이 : 29세

본적 : 강원도 강릉시   현주소 : 강릉시 노암동

직업 : 미술학원 강사

특기사항 : 나이에 비해 센치하고 고독하게 보내는 시간이 많으며 너그
          러운 성격을 가지고 있음.

명 피아니스트

성명 : 명연희   나이 : 28세

본적 : 강원도 고성군   현주소 : 강릉시 노암동

직업 : 중학교 교사

특기사항 : 합리적인 이성을 가지고 있으나 날카롭고 저돌적인 성격이
          며 노력하는 만큼 꿈이 많은 소녀적 경향이 있음.

모코치

성명 : 모방회   나이 : 27세

본적 : 강원도 명주군   현주소 : 강릉시 주문진

직업 : 고등학교 탁구코치

특기사항 : 더펄거리며 촐랑거리는 성격이나, 진지하고 체육인다운 뚝
          심이 있음.

"참! 오늘 내가 할 이야기가 있어."

박 시인이 제법 진지하게 입을 열었다.

나머지 네 사람은 의아한 얼굴로 귀를 기울였다.

"오늘이 무슨 날인지 알아?"

"무슨 형님 생일이요?"

"생일은 생일이지 작가선생 기억 안나?"

"난 기억이 안 나는데요."

모두 의아해 할 뿐 대답이 없었다.

"오늘이 바로 우리 오인방이 결성된 지 1주년이 되는 날이잖아."

"그럼 오늘 기념식 해야 되겠네."

모코치가 더펄거렸다.

"아, 우리가 언제 정식으로 결성식을 했어요?"

이 화백이 안주를 입속으로 오물거리며 말했다.

"아, 꼭 정식으로 식을 해야만 결성식이여. 그저 만나면 다 그게 식이지."

박시인이 말했다.

"자, 그럼 나가서 2차 갑시다."

"이 사람아, 왜 모든 것을 술하고 연관시키나?"

이화백이 안 작가에게 농담을 던졌다.

벌써 밤은 꽤 깊어가고 있었다.

성남동 주점가의 홍등이 더욱 빛을 발하고 길을 걷는 사람들은 약간 취한 객기로 몸을 비틀거렸다.

"가, 가자. 한숭으로."

박 시인은 마치 장한 일을 하러 가는 투사처럼, 매번 이어지던 코스로 앞장 서 걸어갔다.

"저 손님. 다 왔습니다."

택시가 멈춤과 동시에 운전기사가 뒷자리에서 졸고 있는 박 시인에게 말했다.

"예, 알고 있습니다."

설핏 잠이 깬 박 시인이 마치 졸지 않았다는 듯이 말을 하며 천원짜리 한 장을 내밀었다.

대부분의 집들이 잠들어 있는데, 저 만치 미니 슈퍼의 헐렁한 불빛만 이 손님에 대한 미련을 태우고 있었다. 그가 한 집 한 집을 지나는 동안 아직도 잠이 들지 못한 몇 집의 애완견들이 늦게 돌아오는 이웃을 위해 간간히 짖어 주었다. 약간 비탈진 길을 오르며 박 시인의 머릿속은 몽롱한 가운데서도 떠오르는 정념으로 약간은 정화되어가는 의식이 가물거렸다. 아내가 집을 떠난 후 몇 년 동안 느껴오던 감정이었기 때문에 그리 새삼스러울 것은 없지만 항시 새롭게 되살아나곤 했다. 미니 슈퍼를 지나며 무의식적으로 가슴을 만졌다. 담배가 없다. 슈퍼의 남자가 담배를 내주며 졸린 눈을 비볐다.

"박선생. 오늘도 늦으셨구만요?"

"항시 그렇죠 뭐."

골목 끝 쪽으로 낯익은 철대문이 보였다. 박 시인은 습관적으로 담배를 빼 물었다.

전봇대에 어깨를 기대다시피하며 오줌을 쌌다. 별빛이 눈 앞에서 가물거렸다.

"허!"

이제 막다른 골목길로 접어들며 혼잣소리로 중얼거렸다.

"아내가 있을 때는 이렇지는 않았는데……."

주인집의 불은 이미 꺼져 있었고 아침에 켜놓고 나간 박시인은 방안 불빛을 느끼며 대문 열쇠를 꺼내 들었다.

"술은 뭐 또 술이에요. 나는 집에 가서 할 일이 좀 있어서 그만 들어갈래요."

명피아니스트가 따라오던 길을 돌아서고 이화백이 그 뒤를 따랐다.

"그럼 나도 들어가지."

모코치도 덩달아 그녀의 집 방향으로 걸어갔다.

"안작가 저 모코치 잡아. 나는 저 두 사람 잡아 올 테니까."

그러면서 박시인은 어느새 골목을 돌아서는 그들을 뒤 쫓았다.

"딱 한 잔만 하고 갑시다."

"에그, 그 놈의 한 잔."

결국 다섯 명은 한송의 문을 밀치고 들어갔다.

"안녕하시오, 석진선생."

박시인이 주인 마담을 향해 허연 이빨을 드러냈다.

"아, 오인방 오셨구만. 밖이 춥죠?"

주인 마담 석진이 단골 손님을 향해 그러나 장삿속만이 아닌 부드러운 눈빛으로 다섯 사람을 맞았다.

"아, 원래 오늘은 외상값만 갚고 가려고 했는데, 우리 오인방 생일이라서."

"아, 또 그 얘기."

명피아니스트가 박시인을 향해 눈을 흘겼다.

"아, 오인방 생일 거 좋은 일 같은데 우선 제가 맥주 서비스 하죠."

다섯명이 스탠드 앞 높은 둥근 의자에 앉기가 무섭게 주인 마담이 맥주를 따랐다.

"자, 건배 합시다. 우리 오인방 만수무강을 위해서, 그리고 한송의 무궁한 발전을 위해서 ……."

잔이 부딪히며 맥주가 흐르고, 질펀하게 마셨다.

"참, 안선생님 몸은 괜찮으세요?"

주인 마담이 물었다.

"괜찮다뇨?"

안작가가 약간 의아하게 되물었다.

"아, 그저께 의자에서 굴러 떨어지신거?"

"아, 그거.

안작가가 쑥스럽게 웃었다.

"의자에서 떨어지다뇨?"

모코치가 주인 마담에게 물었다.

"그저께 저 두 분이 오셔서."

박시인과 안작가를 번갈아 보며 주인 마담이 쿡 웃었다. 그날 박시인 과 안작가가 만나 맷돌에서 소주를, 포장마차에선 막걸리로 거나하게 취해 한송에 들렀다. 정신없이 맥주를 마시다 박시인과 마담이 이야기

하고 있는 사이에 안작가는 술에 취하면 버릇대로 졸다가 그만 의자에서 굴러 떨어졌다.

"하여간 못 말려."

세 여자가 동시에 안작가를 보며 혀를 찼다.

"참, 형님 지난 여름에 다친 다리 괜찮아요?"

"그럼 괜찮지, 내 다리가 뿌러졌어?"

하며 박시인은 바지를 걷어 보이는 시늉을 했다.

지난 여름에 오인방이 평창 봉평으로 천렵을 갔다.

원래는 천렵이 아니라 평창 방림에 계시는 백훈 정태모 선생님 정년 퇴임 기념 문집인 「초롱꽃」을 전달하러 간 것이었지만. 백훈 선생님의 촌가 마당에서 삼겹살과 대추술로 얼큰하게 취해 가지고 장평으로 나오다, 아직 여름 해가 중천에 떠 있어서 박 시인이 그의 고향인 봉평에서의 천렵을 제의했다.

개울가에 가서 동네 아이들까지 불러 모아 고기를 잡는 사이 박시인은 솥, 장작, 양념들을 내왔다. 어느새 매운탕이 끓여지고 먹을 준비로 입맛들을 쩝쩝 다시는 사이 박시인이 다시 마을 쪽으로 나갔다.

"아니, 왜 또 가슈?"

"아, 이 사람아 술이 없잖아."

매운탕을 한 그릇씩 퍼 놓고 앉았을 때 그가 한되들이 소주 한 병을 들고 나타났다.

그러나 그 순간 거의 다 와서 작은 바위에서 미끄러지면서 앞으로 고꾸라졌다.

- 소주병은 가슴에 싸 안은 채 - 바지에 구멍이 나고 무릎팍에서 피가 흘렀다. 관절이 좀 상한 것 같았다. 사람들이 놀라 달려갔을 때 그는 비틀거리며 일어서더니 멋쩍게 웃으며 말했다.

"여기 어디 세탁소 없나?"

"아, 지금 무릎팍이 깨져 피가 나는데 웬 세탁소는……."

"무릎팍이야 바지 입으면 안 보이지만, 바지는 겉에 있으니 남 보면 창피하잖아."

모두들 웃음이 터졌고, 그렇게 소중한 술은 결국 박시인과 안작가가 해 질 때까지 전부 마셔버렸다.

"그 때 정말 아프지 않았어요?"

마담이 물었다.

"안 아프긴, 아파도 애들 앞에서 참아야지."

"애들이라니 나도 낼 모래면 댁과 같은 삼십대요."

이화백의 빈정거림에 모두 웃었다.

"참, 그런데 여기 계신 분들은 예술 하시는 분들이면서도 왜 그런 이야기는 안 하세요?"

주인 마담이 스탠드 안에서 아예 마주 보고 앉아 말했다.

"그래도 뭔가 할 이야기가……."

"참, 석진선생 붓글씨 쓰러 다닌다구 했지?"

"예."

"그래 붓글씨를 손으로 쓰지 입으로 쓰나?"

빈 맥주병이 자꾸만 쌓여가고 주선 박시인의 얼굴은 취기가 창창하게 감돌고, 주귀 안작가의 눈은 사위여가는 촛불처럼 가물거렸다.

"이 사람아, 그 술 취한 척 좀 하지 말아."

"아, 술이야 나보다 행님이 더."

둘의 혀가 꼬부랑거렸다.

"이 양반들 술 더 주지 마세요."

명피아니스트가 주인 마담에게 말했다.

"아니야, 아니야 우린 더 먹을 수 있다구. 명색이 주선과 주귀인데 안그래 작가선생?"

"그럼요, 더 먹어야죠."

조용히 대문을 열고 들어가 방으로 들어가기 위해 부엌문의 자물통을 풀었다.

또 연탄불이 꺼졌는지 부엌에 온기라곤 없다. 방문을 열었을 때 불은 환하게 켜져 있었지만 역시 싸늘한 기운만이 감돌았다. 텔레비전이, 티크 장롱이, 양쪽 벽면을 가득 채운 책들이 보이고 무질서하게 이것저것들이 흩어져 있는 방바닥의 잡동사니들이 오히려 마음을 평온하게 하는 것 같은 느낌이 들었다. 전기장판의 스위치를 넣고 화장대 앞으로 갔다. 돌려 세워 놓았던 사진을 바로 해 쳐다보았다. 그러나 이내 다시 놓을 때 멀리 날아만 가는 기러기 한 마리가 보였다. - 내일은 꼭 어디 깊숙하게 집어넣어 버려야지 -

옷을 벗어 한 구석에 적당히 팽개쳐 놓으며 전등을 껐다. 그러나 이내 다시 전등을 켜고 스르르 엎어졌다.

지난 늦봄의 그날, 햇볕이 제법 따사로웠다. 안작가는 어제 마신 술이 아직 덜 깬 토요일의 한 시 퇴근이 꽤나 그리워졌다. 계장눈치를 보며 덤성덤성 서류들을 들추며 연방 시계를 살폈다. - 이그 아직도 한 시간 -

그때 전화벨이 울렸다.

"예, ○○○입니다."

"나야 작가선생."

박시인의 취기 섞인 음성이 전화 회선을 타고 주르르 흘렀다.

"아, 형님."

"퇴근 후에 뭘해?"

"그냥, 그저 몸이 좀 안 좋아서……."

"하여간 나 지금 강릉막국수 집에 있는데 좀 나와 줘. 중요한 일이야."

안작가가 강릉막국수 집으로 나갔을 때 박시인은 벌써 소주를 여러 병 비운 뒤였다.

"자, 우선 한잔 받아."

앉기가 무섭게 잔을 권했다.

"이거 원 대낮부터."

아무 말 없이 잔이 여러 순배 돌았다.

"형님, 그 중요한 일이라는 게 뭐요?"

침울해져만 가는 박시인의 눈치를 살피며 물었다.

"야 임마, 나 오늘 찍었다."

"찍긴 뭘 찍어요."

"뭐긴 뭐야, 임마. 도장이지. 몇 년을 벼르다 오늘 콱 찍어 버렸단 말이다."

"아니, 그럼."

"그래, 임마. 찍었단 말이야."

"혀, 형님 ……."

"나머지는 네가 처리 좀 해 줘."

둘은 술이 곤죽이 되도록 퍼 마셨다. 얼마가 지나 주인아줌마한테 겨우 쫓기다시피 해서 거리로 나와 택시를 탔다.

"저, 홍제동 갑시다."

안작가가 박시인의 집 방향을 말했고 택시가 스르르 미끄러져 나갔다.

택시가 한국은행 로터리를 지날 때 박시인이 번뜩 말했다.

"아저씨 안인으로 갑시다."

"안인은 갑자기 왜 ……."

안작가가 혼잣소리로 중얼거리는 사이, 운전기사가 신경질적으로 말했다.

"어디로 가자는 거요?"

"안인으로 가자니까요."

박시인의 말에 안작가도 그렇게 하라고 했다.

운전기사가 신경질적으로 밟으며, 교동 사거리에서 안인방향으로 차를 돌렸다.

"자, 저 바다가 얼마나 넓으냐. 저 바다가 얼마나 아름다우냐. 저 바다가 얼마나 오묘하게 변화하고 있느냐."

박시인은 바다를 내려다보며 크게 소리 질렀다.

"오늘 내가 무얼했지."

박시인이 이번에는 혼잣소리로 중얼거렸다.

"그래. 그래 다 잊어버리고 정히 못 잊을 것은 가슴에 묻자."

그러다가 한참을 멍하니 바다를 바라보았다.

"자, 마시자 살아있는 의식의 졸가리까지 전부 사그러질 때까지 ……."

횟집에 앉아서도 계속 혼잣소리로 중얼거리며 정신없이 마셔댔다. 얼마나 그렇게 마시다 박시인이 상위에 머리를 쳐 박고 가만히 있었다.

"자, 형님 이제 그만 갑시다."

몇 번을 흔들어도 꼼짝 않더니 갑자기 벌떡 일어섰다.

"나 갈게."

급히 뒤쫓아 나왔을 때 이미 박시인을 태운 택시가 발전소 쪽으로 멀어지고 있었다.

"아니, 두 분이 무슨 공상을 하세요?"

주인 마담이 묻는 바람에 박시인과 안작가는 퍼뜩 잠시 정신이 되돌아왔다.

"글쎄, 술 먹으면 저렇다니까요."

이화백이 말했다.

"아니, 매일 이렇게 술 팔아 주시는 것은 고맙지만, 글은 도대체 언제 쓰세요?"

주인 마담이 박시인과 안작가를 번갈아 보며 물었다.

"글, 그거야 쓸 때 쓰지, 언제 써."

창문 새로 스며든 싸늘한 한기 때문에 잠이 깼다. 전기장판 위에 아무렇게나 쓰러져 얇은 담요 하나만을 덮고 있었다. 새벽 네시, 심한 갈증 때문에 부엌에 나가 가슴을 도리는 듯 한 싸한 아픔을 느끼며 냉수 한 대접을 마시고 바깥으로 통하는 부엌문을 열었다. 겨울의 칼날 바람이 확 끼쳐와 정신이 맑아 왔다. 세수를 하고 방안으로 들어와 책상 앞에 앉았다. 몸이 으스스하고, 이빨이 덜덜 떨렸다.

담요를 뒤집어쓰고 앉아 두꺼운 대학 노트를 꺼내 폈다.

- 시작(詩作)노트 -

"자, 이제 그만 가요."

명피아니스트가 자리 높은 의자에서 내려서며 말했다.

"그래요. 벌써 열두시가 넘었어요."

이화백도 일어섰고, 모코치도 일어섰다.

"어, 눈이오네."

앞서 나가며 문을 열던 모코치가 마치 여고생 같이 함성을 질렀다.

들어올 때는 보송보송하던 날씨였는데, 이젠 소담스런 함박눈이 펑펑 내리며 발목까지 눈이 쌓여 있었다.

거북이 걸음으로 겨우겨우 다니는 택시를 잡아 이화백, 명피아니스트, 모코치를 보내고 둘이 남았다.

"형님. 저 불빛이 뭐죠?"

안작가가 정의흠 외과 옆 골목을 가리켰다.

"포장마차지 뭐야. 이 사람."

둘은 어느새 어깨동무를 하고 그 불빛을 향했다.

"안작가선생, 눈은 세상 모든 것을 덮어 주기만 하는 걸까?"

서기 1986년 5월 24일 저녁 7시 37분쯤
나는 Mook誌 『詩人通信』을 샀다.
그 책 96面에 있는
千祥炳의 詩
「이사」를 읽던 날
그 「이사」에서
 "나는 처갓집에서 노는데
동네 청년이 도와서
이사는 됐다."
라는 句節을 당신에게 읽어주던 날
당신은 나에게서 이사를 했다.

지금도
어느 밤 酒幕에서 막걸리를 마시며
千祥炳을 생각하는 날이면
당신이 생각난다.

어디를 갔을까
노을빛 함께 단둘이서
하늘나라로 돌아갔을까

오늘도 나는
밤酒幕에서
千祥炳을 읽는데
歸天을 읽는데
당신은 내 옆에 없다.

《김선영 작 「귀천」 전문》

다시 歸天

-오인방을 위하여-

류동희의 소설 歸天을 읽고 그에 答함.

金 善 泳

I

억센, 겨울 바람이

마른 나뭇가지를 흔드는 밤

城南洞의 묵은 비듬이

原稿紙들 빈칸마다 떨어진다.

어깨동무를 하고

함께 쓰러지던

그러나 함께 일어나던

大學街 골목마다

그리운 얼굴들이 지나간다.

한사람은 시집으로 돌아가고

한사람은 목미에서 커피를 마시고

한사람은 魯岩洞에서 돌아오고

한사람은 술집에서 노가리 대가리를 씹고

한사람은 平昌의 후미진 골방에서

묵은 기침만 토해내고……

더러는 생각나는 옛 情들

차가운 바닷바람이

大關嶺을 넘어와

平昌의 마른 벌판을 달리는 밤이면

오인방
그대들이 그리워진다.

II
류作家
당신이 쓰러져 뒹굴던
寒松의 좁은 공간에는
지금도 난로불이 활활 타오르고
바하가 흐르고 있겠지
돌아갈 수 없는 세월들
아픔의 편린들이 아직도 반짝이는
江陵의 밤을 생각하면
오늘도 그대들의 體溫이 그립다.
이세상 끝까지
같이 갈 수 없는 안타까움.
自己의 살점의 아픔보다
상대의 아픔을 더 아파하던
순수한 마음들이여
이제 우리 서로 사랑하며 살아가자
술잔과 술잔이 부딪치는 소리에
情에 더욱 두터워지고
人生은 성숙되는데
이 추운 겨울이 지나가면
따스한 봄날이 다시 오리니
오인방
그대들의 웃음소리가 들려온다.

Ⅲ
하늘로 돌아간 여인
그 여인을 생각하며
찬바람에 떨고있는 별들을 바라본다
이제는 잊혀진 아픔들
마른 북어대가리를 씹으며
人生을 퍼마시던
城南洞 골목
柳作家가 李畵伯이 金피아이스트가 黃코치가
그리고 金詩人이
어깨동무를 하고 지나던 골목
바람은 예전과 같이 불고
오줌을 내 갈기던 전봇대는
아직도 꼿꼿이 서 있는데
아, 그리워라
방구석에 쓰러져 굴러가는
鏡月의 소주병 속에서
그대들의 속삭임이 들려온다.
그대들의 숨소리가 들려온다.
이제 절름발이가 된 나의 人生
언제나 벗지못할 罪人으로
그 누구도 사랑할 수 없음이
이밤도 가슴을 아프게 한다.
꽃한송이 전해줄 사람없는
마음이 아프다.

IV
사랑하리라 사랑하리라
그대들의 따뜻한 가슴속에
내 시리운 영혼을 묻고
한없이 한없이 울고 싶어라
不滅의 城門으로 달려오는
달려와 소리지르는
오인방, 그대들이여
魯城山 줄기를 타고 내려오는
겨울바람은
가난한 내가슴을 할퀴고 가지만
그리운 人生의 갈피를 넘기며
끝내 숨겨둔 사랑의 告白을
그대들에게 傳하리.
모든 것이 얼어붙은 山河를 바라보며
이제는 모든 것 다 버리고
다시 황야로 달려가리라
새로운 출발을 위하여
不眠의 밤을 태우며
오인방
그대들을 사랑하리라
노을빛 따라 하늘로 돌아간
나의 여인의
행복을 빌리라

《1989년 「나무들」 2집》

우리에게는

푸른 하늘이 있다

우리에게는 푸른 하늘이 있다.

"글쎄, 오늘은 새 신발을 신고 나가시라니깐 그러시네."

"뭘 아직 더 신을 만한데."

모범운전자 완장과 모자와 돈주머니를 내 주며 고운 눈을 흘기는 아내를 보며 김치현씨는 별로 대수롭지 않게 대답은 했지만, 어느새 발뒷굽이 닳아 내려앉고, 발바닥과 옆면의 이음새 부분이 많이 벌어져 버린 캐쥬얼화가 조금은 헐렁한 느낌이 들어 계면쩍게 발을 두어 번 탁탁 내리쳤다.

"우리 달이 아직 자나?"

빼끔하게 열린 방문 사이로 이제 세 살 난 달이가 잠버릇이 요란해요 끝에서 활개짓을 한 채 자고 있는 것을 보며, 그는 말머리도 돌릴 겸 아내에게 물었다.

"요즘엔 새벽같이 일어났는데 어젯밤에 늦게까지 아빠를 기다리더니 오늘은 좀 늦게 일어나려나 봐요."

"그래 그럼 나 나갔다 올께. 달이 일어나거든 세수시키고 밥 잘 먹여."

아내는 그저 어련히 알아서 챙기는데, 뭐가 걱정이냐는 듯이 빙그레 웃기만 했다.

"조심하세요. 오늘도 날씨가 별로 안 좋을 것 같은데 ……."

늦 팔월의 이른 아침이었지만 김치현씨는 살고 있는 반지하 방에서 마당으로 향하는 계단을 올라 담벼락과 처마 사이로, 하늘은 여전히 찌뿌둥한 채 흑갈색 구름이 오락가락하는 것이 보였다.

"뭐 비가 올 것 같지는 않은데 ……."

"하여간 조심해서 운전하세요. 저녁에는 야학에 들렀다 오서야죠?"

"그럼."

"아니, 교장선생. 날씨가 좋지 않아 금새 더러워질텐데 차를 뭐 이렇게 반들반들 닦으셨나?"

아침 산책을 다녀오는 듯한 트레이닝복 차림의 작년에 국민학교 교장선생으로 정년퇴임한 집주인이 차를 쓱 훑어보며 말했다. 나이에 비해 사오년은 젊어 보이는 좋은 혈색의 얼굴에 미소를 가득 띄운 채 약수 물통을 양손에 한 개씩 들고 있었다.

김치현씨는 자신 소유의 개인택시 강원 1라 5948 스텔라 차를 재산목록 1호라는 중요성 보다는, 택시는 여러 사람이 이용한다는 공익 정신을 가지고 끔찍이도 아꼈다. 오늘도 오랫동안 지속되어온 버릇대로 새벽 다섯시에 일어나 차를 말끔하게 닦아 놓았다. 차 덮개를 벗기고 밤새 무사함에 안도의 숨을 내쉬며, 하얀 융걸레로 계기판을 닦고, 의자의 먼지를 털어내고, 고르지 못한 날씨 탓에 흙이 많이 묻어 있는 발깔개를 나무 막대기로 정성스레 털었다. 볼록하게 솟은 개인 택시라는 표지판부터 바퀴의 알루미늄 호일까지 물을 세 양동이나 퍼다 먼지 한 점 없이 깨끗하게 헹구다시피 해 놓았다.

"금방 더러워지더라도 깨끗하게 닦아야죠. 그래야지 손님들이 기분이 좋지 않겠습니까?"

"하여간 우리 김교장은……."

김치현씨가 <성지야학>에서 교장을 맡은 후로 퇴역 교장선생은 줄곧 이렇게 부르며, 은근하고 자상한 눈빛으로 격려를 아끼지 않았고, 야학을 방문하여 특강도 여러 번 했다.

"교장선생님, 오늘도 약수물이 많이 솟던가요?"

"뭐 맨날 그턱이지. 그런데 이제 늙어서 그런지 약수 물통 들고 오기도 점점 힘든 것 같아."

"원, 교장선생님두. 그 연세시면 아직 한창이시죠. 그리고 이제 저희 물은 그만 퍼다 주시죠. 젊은 것이 당최 송구스러워서……."

퇴역 교장선생은 저력을 과시하듯 자신의 말을 번복이라도 하려는 듯 약수터가 있는 뒷산 중턱을 바라보며, 내려놓았던 물통을 힘 있게 다시 들었다.

"그럼 오늘도 무사히 잘 다녀오시게."

"예."

김치현씨는 차 문에 붙어 있는 <모범운전자> 표시를 자랑스럽게 바라보며 차속으로 들어가 시동을 걸었다. 아까 청소를 하면서 차문을 조금씩 열어 놓기는 했지만 밤새 밀폐되어 있던 탓에 퀴퀴한 냄새가 조금 남아 있어서 마음에 걸렸다. 그러나 언제 맡아도 싫지 않은 은은하게 차안에 배어 있어 쌈박하게 느껴지는 휘발유 냄새가 새로운 활력으로 스멀스멀 온몸으로 파고들었다.

아직 출근하기에 이른 시간이어서 골목길을 돌아 큰 길까지 나와도 개시 손님이 나타나 주지 않았다. 우산동 사거리가 점점 가까이 다가왔다. 여관들이 밀집되어 있는 터미널 부근으로 갈까 하다가 전번 아침처럼 간밤의 방탕으로 쾌락의 찌꺼기가 얼굴에 부스스하게 남아 있는 사람을 태울 지도 모른다는 유쾌하지 못한 예감이 들어 단계아파트 단지 쪽으로 차를 우회전 했다.

단계아파트 단지 입구까지 거의 갔을 때 제 엉덩이만큼이나 큰 육색형 가방을 약간은 힘겹게 둘러멘 안경 쓴 여학생이 애타게 손을 흔들었다. 아침부터 여자나 안경 쓴 사람을 태우면 온종일 재수에 옴 붙는다는 택시 기사가 있긴 하지만 그에게는 그런 날이 유쾌한 출발의 청신호로 여겨졌고, 실제 불필요한 기름 낭비를 줄여주는 행운의 날이 되곤 했다.

"학생, ××여고로 모실까?"

"아니, 아저씨가 어떻게 아셨어요?"

실내 백밀러 속에서 학생이 맑은 눈망울로 의아하다는 듯이 입술을 씰룩거렸다.

"학생은 공부를 잘하게 생겼잖아."

"아이, 아저씨두."

학생은 수줍게 웃고는 이내 피곤한 눈을 내리 깔았다.

오늘 마저 비가 내릴 것 같지는 않았지만 하늘은 여전히 곰살궂은 계모의 얼굴처럼 언제라도 심통을 부릴 수 있다는 얄궂은 표정을 가득 담고 오랜 비에 지친 사람들의 마음을 불안하게 했다.

"이제는 그만 날이 활짝 들어야 벼가 잘 팰텐데."

학생을 내려주고 ××여고 정문 앞에서 차를 돌리며 혼잣말로 중얼거리며 남부시장 쪽으로 내려오다가 ××국민학교로 가는 남자 선생을 태웠다.

"선생님 일찍 출근하시네요?"

"예. 오늘은 학교 앞 교통지도 담당이라서요."

일찍 나오는 것이 조금 짜증스럽기는 하지만 별로 싫지 않다는 듯이 서글서글한 눈매로 말했다.

그때 서영택시 한 대가 무엇이 그리 급한지 바뀌려는 신호등을 향해 쏜살같이 추월해 나갔다.

"아이구 이거 저희들을 위해서 아침 일찍부터 고생이 많으시군요."

××초등학교 정문 앞에서 요금 중 우수리 200원을 깎아주자 그 젊은 선생은 차창 밖에서 몇 번이고 손을 흔들며 안전운행을 기원해 주었다.

××초등학교 담벼락을 돌자 아직까지 조립식 담장 깨어진 틈으로 아이 하나 정도는 충분히 들락거릴 수 있는 개구멍이 그대로 남아 있었다.

성현이를 작년 오월 바로 이 개구멍 앞에서 처음 만났다.

그날따라 손님들이 늦게까지 이어졌고, 반곡까지 대절을 갔다 오는 길에 집도 뜸하고 길가는 행인도 없는 늦은 시간이어서 전봇대 밑에 차를 세웠다. 염치불구하고 오랫동안 참았던 방뇨를 마치고 바지를 추스르는데 국민학교 담벼락 개구멍 사이로 머리 하나가 들락날락거리며 주위를 살피는 것이 보였다. 처음에는 개나 고양이인줄 알았는데 차 뒤로 몸을 숨기고 자세히 보니 아이 하나가 살금살금 빠져 나왔다. 그 아이는 주위를 쓱 한번 살펴보고 나서 안으로 신호를 보냈고 또 아이 하나가 살금살금 빠져 나왔다. 그 사이 김치현씨는 어둠의 그늘 속을 파고 그들에게로 조심조심 다가갔다. 미처 그의 존재를 눈치 채지 못한 아이가 안으로 신호를 보내자 또 한 아이의 몸뚱어리가 반쯤 밖으로 나왔다.

"앗. 사람이다. 토끼자."

그를 발견한 밖의 아이 하나가 소리치며 다른 아이와 함께 어두운 골목길로 도망치기 시작했다. 그러자 구멍을 빠져 나오던 아이도 황급하게 뒤로 물러나려 했지만 구멍이 좁고 서두르는 바람에 쉽게 빠져나가지 못하고 버둥거리기만 하다가 그에게 덜미를 잡혀 끌려 나왔다.

그 아이가 바로 성현이었다. 성현은 처음에는 고개를 떨구고 체념한

듯 하다가 김치현씨가 방심한 틈을 노려 달아나려고 몸을 비틀다 더욱 꽉 움켜잡히게 되자 악을 쓰며 소리쳤다.

"아저씨, 내가 뭘 잘못했다고 잡아요."

"이놈아. 왜 이렇게 늦은 밤에 학교에서 나와?"

엊그저께 택시 손님들 대화에서 요새 국민학교에 좀도둑이 많이 들어온다는 이야기를 들은 것이 퍼뜩 뇌리를 스쳤다.

"그냥 놀다 나오는 거예요. 씨이."

가로등 밑까지 성현이를 데리고 와 한손은 옷자락을 움켜잡은 채 주머니를 뒤졌다. 호루라기, 초콜릿, 봉봉, 저금통장 갈피에 끼워져 있는 천원짜리 두 장, 그리고 동전 몇 개를 찾아냈다.

"여봐 임마, 이 통장도 네꺼야?"

그제서야 성현은 시인도 부인도 아닌 야릇한 표정을 지으며 어둠을 향해 소리쳤다.

"야 임마. 다 껄렸어. 느네들 일루 와."

먼저 도망갔던 두 아이가 담벼락 모퉁이에 숨어서 동정을 살피다 후다닥 다시 도망을 치기 시작했다.

"개새끼덜."

성현은 혼자 붙잡힌 것이 억울한지, 의리 없는 친구들을 향해 욕을 해댔다.

풀죽은 얼굴로 고개를 떨군 채 바르르 떠는 성현의 몸울림이 손을 통하여 점차 크게 전해져 오자 야릇한 전율이 일며 김치현씨는 자신의 몸까지 떨려 오는 것만 같았다.

"너 집이 어디냐?"

"집 없어요. 씨."

"내가 집까지 데려다 줄테니 겁내지 말고 말해봐."

"집이 없다니까요."

거의 울음에 가까웠다.

"그럼 너 경찰서로 갈래?"

그가 좀 험상궂은 얼굴로 윽박질렀다.

"…………."

"경찰서로 가기 싫으면 빨리 집을 말해."

"저 단계동."

시간은 벌써 11시가 넘어 있었다. 성현을 택시에 태워 단계동으로 가기 위해 기차 다리 밑 삼거리까지 갔을 때 망설이던 그는 집이 우산동 청일 사료 옆이라고 제대로 말해 주었다.

엉덩이를 자꾸 뒤로 빼는 성현을 밀고 끌고 하여 청일 사료 폐기물이 쌓여 있는 공지 옆 십자형 창문 앞까지 갔다. 성현은 고개를 돌린 채 제 집이라고 손가락질만 했다.

몇 번을 부른 끝에 밖으로 나온 성현의 아버지는 술 냄새를 풀풀 풍기며 퀭한 눈을 번득거리면서, 그와 성현을 번갈아 보더니 다짜고짜 성현의 뺨을 세차게 때리며 손을 낚아챘다.

"너 이 새끼. 또 어디 가서 도둑질했지?"

성현이 바둥거리며 울음을 터뜨리자 오히려 김치현씨가 더 민망스러워졌다.

"댁은 순경이슈?"

희미한 불빛 속에서 기사 제복이 마치 경찰관 제복처럼 보였는지 그의 아래 위를 훑어보며, 그러나 별로 대수롭지 않다는 듯이 물었다.

"경찰이 아니고 택시 기산데요."

"그럼 이 놈의 새끼가 택시 돈을 훔쳤소?"

"그게 아니라 ……."

"그럼 왜 당신이 ……?"

안심했다는 듯이 대뜸 반말조의 따지는 투로 물었다.

"저기 국민학교 개구멍으로 나오길래."

"왜 밤중에 아이를 때려요."

성현의 어머니인듯한 여자가 긴 치마를 질질 끌며 나와 성현을 감싸 안으며 아버지를 나무랐다.

"하여간 이 새끼는. 속 썩어서 원, 어쨌든 안으로 좀 들어오슈."

울며 버티는 성현을 끌며 아버지가 앞장섰다. 머뭇거리는 그에게 성현의 어머니가 약간 겁에 질린 표정으로 들어갈 것을 다시 권했다.

부엌을 통해 방안으로 들어가자 고만고만한 아이들이 가운데 박힌 거울이 깨져 버린 구식 장롱 앞 방 한구석에서 몰려 있다가 낯선 사람의 출현을 놀란 토끼 눈으로 쳐다보았고, 덜컹거리며 겨우 도는 선풍기 바람에 풀칠을 하다 만 종이봉투들이 흩어져 날렸다.

"오빠가 또 도둑질 했나봐."

조그만 계집애 하나가 성현의 눈치를 보며 입을 씰룩거렸다.

"아니여, 이년아."

성현은 제 집 방안에 들어오자 좀 기가 살아났는지 쑥스러운 표정으로 말하는 계집아이에게 눈을 흘끔거렸다.

"뭐해 소주 좀 사오지 않고."

아버지의 손에서 풀려난 성현은 얼른 다른 아이들 틈에 끼여 벽 쪽으로 고개를 파묻고 있다가는 김치현씨를 두려운 눈으로 힐끔힐끔 보았다.

성현의 아버지 허씨는 청일 사료 잡역부로 일하는 자신과 낮에는 대생 빌딩 일당직 청소원으로 나가고 밤에는 봉투를 만든다는 아내를 소개하며, 지금은 비록 이렇게 살아도 고대 어느 왕족의 후손이라는 가문의 뼈대를 강조했다.

"그래도 저 놈이 머리도 좋고 착했는데, 애 새끼는 많고 먹고 살기는 어려워 제대로 신경을 못 써 줬더니, 나쁜 자석들과 휩쓸려서 그만 ……."

소주를 자작으로 몇 잔 마신 허씨는 아까와는 달리 조금은 애처로운 부정(父情)의 눈빛으로 성현을 바라보았고, 성현의 어머니는 아이들 사이에 파묻혀 있는 성현을 끄집어 내 혹시 어디 맞은데나 없는지 몸 여기저기를 살폈다.

성현은 얼마 전 이곳으로 이사 오기 전까지 아까 ××국민학교를 다녔는데 공부도 잘하고 말도 잘 듣다가 갑자기 국민학교 5학년 때부터 도벽이 생겨 집의 돈이나 물건을 훔치는 버릇을 못 고친다는 것이다.

"그 놈의 도둑질 때문에 다니면서 매도 많이 맞고, 없는 돈에 물어 주기도 많이 물어 줬지요."

성현의 어머니는 깊은 한숨을 쉬며 말을 이었다.

"그런데 애가 도둑질에다가 머리까지 좀 이상해져서 밤에 헛소리도 잘하고 어떤 때는 지나가는 사람만 보아도 깜짝 깜짝 놀라기도 하고……. 그게 국민학교 6학년 때 지가 교실에서 도둑질하다가 들켜서 담임선생님한테 엄청나게 맞은 후부터 그런 것 같아요. 물론 지가 잘못한 것이지만 어떤 때는 그 선생님이 원망스러워 울화가 치밀 때가 많아요."

"그 얘긴 지금해서 뭘 해. 쓸데없이."

그래도 중학교에 입학은 했으나 무단가출로 인해 얼마 전에 퇴학을 당했다는 것이다. 그 후로는 나쁜 아이들과 몰려다니며 좀도둑질이나 하고 잠은 공사장 토관 속이나 기차역 등 아무데서나 잔다는 것이다.

"그래도 맏상주라고 어떻게든 공부를 시켜 보려 했는데⋯⋯."

김치현씨는 성현이가 불쌍한 생각이 들며 이대로 두어서는 안되겠다는 막연한 의무감으로 마음이 산란해져 왔다.

"그래도 저 놈이 의리는 있어요. 돈이 생기면 혼자 쓰는 것이 아니라 친구들 불러내어 오락실 데려가고 사 먹이고 한다니까요. 미련한 놈 같으니라구."

허씨는 점점 술에 취해 눈이 거의 감겨 갔다.

"옛날 옛날에 호랑이 한 마리와 떡 장사 할머니가 살았는데⋯⋯."

김치현씨는 자신도 모르게 옹기종기 앉아 똘방스럽게 쳐다보는 아이들이 안쓰러워 옛날이야기를 꺼내며 헛웃음을 웃었다.

"에이 아저씨두. 그래서 그 할머니가 아홉 고개를 넘다가 호랑이한테 떡 다 뺏기구 잡혀 먹히는 얘기죠. 우리도 다 알아요."

성현이의 동생 하나가 그의 이야기를 마무리했고, 이 방에서 처음으로 아이들이 킥킥거렸고, 겁에만 질려 있던 성현이도 김치현씨의 눈치를 보아 가며 빙그레 웃었다.

"내일 제가 그 국민학교에 가서 저것들을 돌려주고 돈을 더 잃어 버렸다면 어떻게든 물어 줘야지요. 그러니 아저씨 다른 일은⋯⋯."

성현의 어머니가 덤덤해진 듯한 표정으로 말했다.

"아니 저는 성현이를 어떻게 하겠다는 것이 아니고, 당분간 성현이를 제게 맡겨 주시면……."

대책도 없는 말이 불쑥 튀어 나와 버렸다.

"그럼 당신이 어떻게 하겠다고?"

졸던 허씨가 퍼뜩 눈을 제대로 뜨며 그를 쏘아 보았다.

"제가 지도를 좀."

"아니, 에미 애비도 선생도 못한 지도를 어떻게 당신이……."

"당신은 좀 가만있어요. 어떻게든 사람을 좀 만들었으면……."

성현의 어머니는 한가닥 기대 속에서 거의 애원하는 눈빛으로 그를 바라보았다.

성현에게 내일 아침에 다시 오겠으니 꼭 집에 있으라는 다짐을 받았다. 그에게 어느 정도 안심을 했기 때문인지 성현은 선선히 대답을 해 주었다.

밖으로 나오자 깊은 봄밤의 기운이 너무 차게 느껴지자 현기증이 일며 다리가 조금 휘청거렸다.

"아니, 당신이 어떻게 하려고 그래요. 그냥 못 본 채 지나치면 될 일을 가지고."

아내의 걱정스런 핀잔을 들으며 쉽게 잠이 오지 않아 늦게까지 뒤척거리며 많은 생각을 했지만 별로 대단한 방안이 떠오르지 않았다.

평상시 보다 좀 늦게 집을 나와 성현의 집으로 가며 그가 벌써 어디로 가지나 않았을까 하는 조바심이 들어 핸들이 무겁게 느껴졌다. 성현이 집에 있자 안도의 한숨이 저절로 나오며 반가운 한편 그가 고맙게 여겨지기까지 했다. 그를 태우고 어젯밤 궁리 끝에 새벽에 겨우 생각해 낸

시립도서관으로 가는 동안 성현은 묻는 말에 겨우 고개를 끄덕일 뿐 아직도 경계의 눈으로 두려움을 풀지 못하고 있었다.

예비군 중대본부에서 방위로 근무하는 동안 안면을 익히게 된 시립도서관 수위 황희만은 마침 근무를 하는 날이어서 자리에 있었다.

그와 성현을 번갈아 보며 의아해 하는 황희만에게 성현이 당분간 도서관에서 책을 볼 수 있도록 부탁을 했다. 성현도 그저 다소곳이 그렇게 하겠다고 고개를 끄덕여 주었다. 성현을 열람실로 들여보낸 후 황희만에게 사정을 이야기하고 특별 보호를 부탁했다.

"이거 김씨가 좋은 일 하는구먼. 하여간 내가 저 녀석이 얼루 가지 못하도록 잘 돌볼테니 안심을 하슈."

사람 좋은 황희만은 몇 번이고 걱정하지 말라고 김치현씨를 안심시켰다.

그날따라 손님이 연달아 이어져 점심때를 조금 지나 성현이에게 점심을 먹이러 도서관에 갔을 때는 이미 황희만과 함께 라면을 끓여 먹은 후였다. 새삼 황희만이 고맙게 느껴졌다.

저녁때 성현이 다녔다는 중학교 앞을 지나게 되어 혹시나 하는 기대 속에서 학적 관계를 확인해 보았다. 약간 귀찮아하는 깡마르고 안경 쓴 교무주임은 무단결석으로 인하여 제적이 되어버린 성현의 학적을 확인해 주며, 다만 내년에 1학년으로 재입학이 가능할 수도 있다고 했다. 재입학이 가능할 수도 있다니 다행으로 느껴졌으나 내년 신학기까지는 8개월 이상이나 남아 있어서 마음이 홀가분하지만은 않았다.

"그런데 이 학생 보호자슈?"

교무주임이 고개를 갸우뚱하며 경멸스런 눈초리로 그를 바라보았다.

"아, 예."

얼떨결에 평소의 버릇대로 어색하게 뒷머리를 긁으며 겸연쩍게 웃었다.

"아니 어떻게 아이한테 그렇게 무심하슈. 학생은 장기 결석하고 집으로 연락도 안되고 우편물은 반송이 되어 오고. 그래서 어쩔 수 없이 제적을 시켰소."

교무주임은 부모의 무심을 질타하며 학교로서는 최선을 다했다는 변명을 늘어놓으며 그를 훈계했다.

"죄송합니다."

김치현씨는 마치 자신이 교육에 무관심한 아버지가 되어버린 것 같은 느낌이 들어 얼굴까지 저절로 붉어졌다.

저녁에 성현을 데리고 중국집에 가서 자장면을 사 먹여 집에 데려다 주었으나 아직까지 성현은 별로 말을 하려 하지 않았다. 집에는 어제 보았던 아이들만이 부산을 떨고 있을 뿐이었다. 아이들에게 동전 한 개씩을 쥐어 주고 내일 아침에 다시 만나자는 말을 성현에게 남기고 돌아서는 그의 발걸음이 조금은 가볍게 느껴졌다. 여러 가지 형상을 이루며 우두산을 넘어 가는 황금빛 저녁놀이 막 시동을 거는 차 앞 유리로 가득 들어왔다.

이튿날부터 성현은 용케도 도서관에서 버텨 주었다. 황희만의 이야기를 들으면 하루 종일 들어 앉아 특히 동화책을 잘 읽고 있다는 것이다. 무척 다행스런 일이라며 그도 역시 무척 기뻐했다.

점심과 저녁은 김치현씨가 주로 중국집이나 분식집에서 같이 먹었지만, 그가 늦는 날에는 첫날처럼 황희만이 라면을 끓여 주거나 도시락을 나눠 먹곤 했다. 성현은 제가 먼저 말을 하는 경우는 거의 없었지만 차차 말대꾸도 잘하고 김치현씨나 황희만과 장난도 하곤 했다.

손님을 내려주고 막 출발하려 하는데 앞에 조그만 미니 슈퍼가 보이자 갑자기 갈증이 느껴져 왔다. 슈퍼에서 우유 하나를 사 들고 멀리 비봉산 줄기를 바라보며 두어 모금 들이켰을 때 전봇대에 붙여 놓은 벽보 한 장이 눈에 들어 왔다. 처음에는 그저 청일 전기 같은데서 공원 모집하는 것이려니 하고 무심코 보다가 가까이 가서 보니 학생 모집 벽보였다.

학 생 모 집
중학교 졸업자격 검정고시 대비

자　　격 : 국민학교 졸업자
　　　　　중학교 중퇴자
수업연한 : 1년(야간)
수 업 료 : 없음
접　　수 : 수시
기　　타 : 교과서 무상 지급

성　지　야　학
(문화극장 앞 성보상회 2층)
전화 645-0000

그는 슈퍼 앞 공중전화 버튼을 누르며, 열정으로 가득 차 고학을 하며 고등학교 졸업자격 검정고시를 준비하던 그 때가 떠올라 전화의 신호음이 길게만 느껴졌다.

"거기 성지 야학이죠?"

"여긴 성보상횐데요. 학생들은 저녁에나 오니까 이따가 다시 전화하세요."

무뚝뚝한 아주머니가 무어라고 더 말할 사이도 없이 전화를 끊어 버렸다.

그는 바로 도서관으로 달려가 성현과 처음으로 오래 이야기를 어설프게나마 공부에 대한 필요성을 설명하고 내년에 중학교에 다시 입학하더라도 일단 야학에 다녀보겠느냐고 물었다. 의외로 성현은 어제 여기서 같이 중학교에 다니던 친구를 만났다며 공부를 하고 싶다는 대답을 쉽게 했다.

저녁때 일을 하다말고 성현을 데리고 성보상회 뒤편을 돌아 금방이라도 귀신이 튀어나올 것만 같은 삐걱거리는 나무 계단을 올라가 <성지야학>이란 나무 팻말이 붙은 문을 밀고 들어갔다.

문 바로 뒤로 작은 책상과 간이 접의자 몇 개가 놓여 있고, 삐끔히 열린 베니어 문안에 마치 선술집 주탁과 같은 책상과 걸상들이 나란히 여러 줄 놓여 있었다.

간이 의자에 앉아 있던 셋째 동생 또래의 남자와 여자가 일어나며 눈빛으로 용건을 물었다.

"지금도 입학할 수 있습니까?"

"예. 입학할 수 있습니다. 그런데 누가?"

카랑카랑한 목소리의 남자가 그와 성현을 번갈아 보며 물었다.

"이 애가."

성현은 낯선 환경을 두리번거리며 살폈다.

이 성지야학은 어느 독지가가 건물 사용료를 대주고 선생들은 전부 대학생 자원 봉사자로서 운영비까지 그들 스스로 해결한다고 간략하게 설명을 했다.

"아이구, 이거 학생 선생님들이 좋은 일들을 하시는 구면."

김치현의 말에 야학 선생은 더욱 고무되어 교육의 필요성, 야학의 실태, 학생들의 성향 등에 대해 침을 튀겨가며 열변을 토했다. 이야기를 듣는 동안에 캐쥬얼한 차림의 선생들과 입성이 시원치 않아 보이는 학생들이 모여 들었다. 수업을 시작한 지가 얼마 안되어 성현이가 진도를 맞추는 데도 큰 어려움이 없을 것 같은 다행스런 마음으로 정식으로 원서를 작성시켜 제출했다. 그냥 일어서 나오기가 멋쩍어 성보상회에 가서 1.5리터짜리 음료수 몇 병을 사다주고 아예 수업 광경이 보고 싶어 그대로 주저앉았다.

김치현씨와 비슷한 나이에서 성현이 같은 나이까지 다양한 학생들이 삼십 여명 모이자 아까 처음으로 보았던 여선생이 첫시간 수업을 시작했다. 헌 교과서를 받아 들고 얼떨떨하고 어색한 표정으로 교실에 들어가며 성현은 그래도 그간 정이 들었다고 김치현씨를 자꾸 돌아보았다.

"국어 문법에서 자음접변이란……."

베니어로 칸막이를 했기 때문에 수업을 하는 나지막한 소리가 명색이 교무실인 곳까지 잘 들렸다.

수업에 들어가지 않은 선생들은 조용조용하게 이야기를 했다.

"어. 담임선생님 이제 나오세요."

출입문이 살그머니 열리며 야무지게 생긴 여자 한명이 들어오자 앉아 있던 남자 선생 한명이 일어서며 장난스럽게 90도 각도로 인사를 했다.

"늦어서 미안해요."

그들은 곧 수업에 관한 이야기와 학생 지도에 관한 문제들을 진지하게 이야기 했고, 김치현씨는 그들에게 공감하며 그 학생 선생님들이 점점 좋아졌다.

"그런데 기철선생 때문에 큰일이잖아."

"글쎄 그렇게 빨리 징집이 될 줄 몰랐잖아."

"그럼 기철선생이 맡았던 기술을 상인선생이 좀 맡지."

담임선생이 키 큰 남자 선생을 지명했다.

"난 안돼. 지금 수학 맡고 있잖아. 그리고 이제 졸업 준비도 해야지."

"그럼 다른 선생이 맡을 사람이 없나. 내가 맡을 수도 없고."

담임선생이 가녀리게 한숨을 쉬며, 무심결에 김치현씨를 돌아보았다. 그들의 대화를 들으며 김치현씨는 여기에서 학생들을 가르쳐 보고 싶다는 생각이 내심 들긴 했지만, 고졸자격 검정고시에다 농업전문학교를 반만 다니고 중퇴한 학력 때문에 말이 입 밖에 나오지 않았다. 한참을 망설이다가 과목도 마침 기술이어서 운전도 기술이라고 속으로 피식 웃으며, 선생들의 눈치를 흘끔흘끔 보다가 겨우 입을 열었다.

"저, 그 기술 과목 내가 하면 안될까요?"

선생들이 의외라는 눈빛으로 일제히 그를 돌아보아 잠시 당혹스럽게 만들었다. 김치현씨가 자신의 약력과 잠시 동안 생각한 것이긴 하지만 야학 선생 응시자로서의 각오를 설명하자 선생들은 허락한다는 표시로 고개를 끄덕였다.

"뭐, 고등학교 검정고시를 합격하셨으니 실력이 대단하시겠네요."

"그런데 하두 오래 되놔서 ……."

그는 앞으로 이들과 같이 야학 일을 한다는 생각에 자연스럽게 말을 놓았다.

"여기 나오시려면 시간을 많이 빼앗기실텐데 괜찮으시겠어요?"

"그건 괜찮아. 난 개인택시를 하는 사장이거든."

선생들이 킥킥거리고 웃다가 그의 얼굴을 보고는 멋쩍게 그쳤다.

"기술 시간은 화·목요일에 한 시간씩 있지만 시간 나실 때 마다 나오셔서 학생들 지도를 많이 해 주셔야 합니다. 그리고 중학교 3년

과정을 1년에 마쳐야 하기 때문에 진도를 빨리 나가서야 하고 …….
하여간 자세한 것은 앞으로 차차 말씀드리죠."

담임선생답게 기본적인 사항에 대해 간략하게 설명을 했다.

성현을 집으로 데려다 주고 돌아오는 길에 오늘 한 결정은 성현에게
간접적으로 많은 이야기를 할 수 있다는 것과, 아까 처음 보았지만 배우
고자 하는 다른 학생들이 떠올라 스스로 평가해 보아도 무척 잘한 일
같아 마음이 뿌듯해져 왔다.

교재라는 중학교 기술 자습서를 저녁에 살펴보니 생소한 것이 많이
있었으나 예습을 철저히 하면 충분히 할 수 있다는 자신감이 생겼다.

"아니 당신이 무얼 안다고 야학 선생을 해요. 그리고 그 말주변머
리를 가지고 ……."

아내가 비아냥조로 말했으나 그윽한 눈빛이 별로 싫지 않은 표정이어
서 새삼 마음에 용기를 보탰다.

"이 사람, 쓸데없는 소리하네, 내가 이래봬도 학교 다닐 때는 신동
소리 듣던 사람이야. 그리고 교육이란 정성이예요."

아내는 어련하랴는 듯이 피식 웃었다.

첫 수업시간에 굳게 마음을 먹었지만, 막상 처음에는 저희와 같은 학
생인줄 알았다가 선생의 자리에 선 기사복 차림의 자신을 의아하게 바
라보는 아이들 앞에서 가슴이 울렁거리고 분필을 잡은 손이 바르르 떨
렸다. 어떻게 마쳤는지 모르는 첫시간을 마치고 학생들 신상 카드를 살
펴보니 다양한 나이만큼이나 직업들과 환경들도 여러 가지였다.

공원, 가정주부, 텔레비전 시청료 징수원, 극장 포스터 붙이는 사람,
구두닦이, 동사무소 사환, 청소부, 가게 종업원, 그냥 노는 사람 등 대부
분 교육부가 부여해준 정상적인 학업 기회를 놓쳐버린 사람들이었다.

"아빠 빵빵타고 안 나가?"

점심 때 마침 집 근처로 오는 손님을 태운 덕분에 집에 들어와 점심을 먹고 벽에 기대어 잠깐 쉰다는 것이 깜빡 잠이 들었다가 달이가 얼굴을 간질이는 바람에 잠에서 깨었다.

"아이구, 우리 공주님."

잠에서 퍼뜩 깨며 달이를 꼬옥 끌어안았다.

야학 선생을 시작한 후로 수업이 있는 날이건, 없는 날이건 하루에 한번씩 꼭 야학에 들렀다. 그래서 영업에 지장을 받아 수입이 줄어들긴 했지만 아내가 별로 불평을 하지 않아 고맙게 느껴졌다. 하지만 수입이 현저하게 줄어든 날에는 아내의 만류에도 불구하고 심야 운전을 해서 다소나마 보충을 했다.

성현은 다른 선생들한테도 특별히 부탁을 해서 신경을 많이 써 준 탓도 있지만, 스스로 마음을 새롭게 먹고 야학에도 잘 나왔고, 제 또래나 형들과 명랑하게 어울렸으며, 이제는 집까지 데리러 가지 않아도 되었다. 훨씬 나중에 알았지만 아침에 신문 배달까지 하는 신통방통함을 보여 주었다.

학생들은 먹고 살기에 바쁘고 하루만 결석해도 진도를 따라 가기가 어려워하나, 둘 줄어만 갔다. 선생들과 여러 가지 방안을 강구해 보았지만 더욱 정성을 기울여 보자는 결론 밖에 도출할 수 없는 안타까움으로 학생들이 일하는 일터와 그들이 살고 있는 학성동, 봉산동 고지대, 서민촌과 교육 환경이 절대적으로 좋지 않은 윤락가까지 그들을 찾아 나섰다. 선생들도 아직 나이가 적어서 주로 김치현씨가 찾아 나섰으나 허탕을 치기가 일쑤였고 찾았다 하더라도 그들의 절박한 일차적인 문제 앞에서 무력해 질 수 밖에 없었다.

열 몇 명만이 남아 8월 검정고시에 시험 삼아 응시를 해서 한 두 과목 합격에 그쳤고, 소가 뒷걸음치다 쥐잡는 식으로 성현이도 미술 과목을 합격했다.

후원해 주던 독지가가 손을 끊는 바람에 당장 그나마 장소에서 쫓겨

나게 되었지만, 다행이 학생 수가 적어 폐교 직전인 상업전수학교 교장의 배려로 그 학교의 빈 교실 두칸과 책걸상까지 빌리게 되었다.

그 학교가 좀 외진 곳에 있어서 다니기는 좀 불편했지만 장소는 전보다 훨씬 더 넓어졌다. 그러나 학생 수가 자꾸 줄어들어서 큰 교실이 썰렁하게 보이기만 했다.

선생 수와 학생 수가 점점 같아만 가는 위기감 속에서 선생들이 교장제를 신설해 김치현씨를 추대했다.

기차역에서 서울발 열차를 기다린 덕에 단강까지 가는 장거리 손님을 태워다 주고 돌아오는 길에 남한강가를 달리며 그 큰 강의 흐름 속으로 잠시 빠져 들었다. 오랜 비로 강물은 비록 혼탁하게 흘렀지만 막힌 가슴이 뚫리는 것만 같은 후련함 속에서 새로운 기운의 솟구침이 느껴져 왔다.

교장을 맡은 후로 하루하루 지나갈수록 걱정거리가 늘어갔지만, 선생들의 적극적인 협조로 일이 해결될 때마다 시원한 보람과 함께 항시 부족한 아쉬움에 가슴이 아프게 저며왔다.

겨울 연료비 마련을 위한 일일찻집을 열기위해 평생 남에게 돈 아쉬운 소리를 안해 본 그였지만, 단골 기사식당에서 오만원짜리 스폰서를 두 군데서나 얻었고, 만나는 손님들과 동료 기사들에게 어려운 손을 내밀었다.

어느새 오후 5시 40분.

야학 쪽으로 가려고 중앙시장 앞을 지나는데 저 앞 인도위에 얼핏 책가방을 메고 가는 성현의 뒷모습이 보였다. 가까이 갈수록 그가 분명해서 차를 세울까 하다가 그냥 지나쳤다.

성현은 올해 중학교에 재입학을 했다.

지난 겨울 눈 오던 어느 날, 마침 쉬는 날이어서 일찍 교실에 가서 왕겨탄을 피워놓고 학생들을 기다렸으나 수업 시작 시간이 지나도 아무도 나타나지 않았다. 한참을 더 기다리고 있는데 성현이 하나만이 바짓

가랑이에 눈을 흠뻑 묻힌 채 들어와선 미안한 표정을 지었다.

눈물이 나도록 반갑고 고마운 마음을 억누르며 수업을 마치고 같이 눈내리는 밤길을 걸을 때 발아래로부터 칼날같은 차가운 기운이 느껴질 때마다 방울방울 맺힌 눈물이 하얗게 쌓인 눈 위로 아무도 모르게 떨어져 내렸다.

올봄 두명 밖에 검정고시에 합격 시키지 못했다는 자책과 훌쩍거리는 선생과 학생의 울음 속에서 졸업식을 마쳤지만 마음 먹었던대로 야학을 떠나지는 못했다.

남아 있는 몇몇 선생과 학생 모집 벽보를 붙이고 중학교를 돌며 헌 교과서를 구해 학생들을 불러 보았다. 다시 입학한 작년 학생들을 포함해 배움의 눈망울을 가진 삼십오 명의 학생들이 김치현씨를 결코 떠나지 못하게 했다. 학다리를 건너는데 오랜만에 날씨가 활짝 개어 푸른 하늘 사이로 서쪽으로 기울어 가는 햇살이 반짝 비쳤다.

김치현씨가 액셀레이터를 지긋이 누르자 5948 개인 택시는 손님을 태우지도 않은 채 야학을 향해 안전하고 힘차게 달렸다.

학생들에게 빨리 전해 주고 싶었다.

"우리에게는 푸른 하늘이 있다"는 것을.

《1993년 「나무들」 5집》

봉호리 이장 후보

김성두

봉호리 이장 후보 김성두

눈 쌓인 대지를 반사하는 정월 대보름 달빛 아래 봉호리에서 가장 큰집인 이상만 어른의 바깥 너른 마당은 적당히 취기가 오른 마을 사람들이 웅성거림으로 가득 차 있는 가운데 개봉되지 않은 삼태기 속의 이장 투표용지가 팽팽함과 비장한 긴장감을 흘러내고 있었다.

"자, 그럼 지금부터 우리 봉호리 이장 슨거가 끝남에 따라 개표를 시작하겠네."

연령상으로는 아직 미치지 못하지만 봉호리에서 가장 부자이고 말발 깨나 하는 덕분으로 마을 대소사에서 으레 어른 행세를 하는 이상만 어른이 헛기침을 두어번 하고 말을 이었다.

"자 오늘 우리 봉호리 이장에 출마한 조 이장과 김 반장, 덕팔이는 앞으로 나오고 매촌 삼영이, 묏동 영길이, 삼봉 치석이는 투표 용지를 여러 사람들 앞에서 까주게."

마을 사람들 사이에서 몸을 비틀고 있던 세 사람의 후보가 비칠비칠 앞으로 나와 이상만 어른의 옆에 나란히 서고, 중학교까지 졸업한 덕분에 마을의 중요 행사시에 단골로 문서나 회계정리를 하는 삼영이, 영길이, 치석이가 각 마을 대표로 개표 준비를 했다.

연이어 매달아 놓은 너울거리는 남포등 불빛 아래서 두 사람이 투표

용지를 한 장씩 번갈아 가며 꺼내 이상만 어른의 검사를 받은 후 이름을 부르고 치석이는 툇마루와 나란히 붙어 있는 외양간 바깥 황토벽에 눈덩이를 뭉쳐 후보 이름 옆에 바를 正자를 그려 나갔다.

이장에 두 번째 도전하는 김성두는 자신의 이름이 불려지고 치석이의 손끝에서 작대기가 하나씩 더해질 때 마다 애써 덤덤한 표정을 짓고 있었지만 전기 쇼크같은 짜릿짜릿한 전율을 정수리에서 엄지발가락 끝까지 느끼며 머릿속으로는 빠르게 표수를 계산해 나갔다.

밤새 이불 속에서 굼시렁굼시렁 거리다가 새벽에 겨우 깜빡 잠이 들었다가 섬강 건너 생댐이 박영두가 라디오를 수신하여 삐삐선으로 인근 마을의 집집마다 연결해 주고 일년에 쌀 두말을 받아가는 스피커에서 잡음과 함께 울려 나오는 김상희의 "여덟시 통근길에 대머리 총각, 오늘도 만나려다 기다려지네"를 들으며 잠이 깬 김성두는 나이에 걸맞지 않게 미리 벗겨진 자신의 앞머리를 쓰다듬으며 오늘은 좋은 성과가 있을 것 같은 예감이 들었다.

그러나 잠시 후 자유 통신 시간에 대동계 회장을 겸하고 있는 조인걸 이장의 말이 끊겼다 이어지며 가랑가랑 흘러 나왔다. 집집이 달려있는 스피커에 대고 역으로 말하는 원시적인 통신이기 때문에 겨우 의미 전달만 되었으나 조영걸의 존재 확인만으로도 김성두는 불독 앞의 강아지처럼 마음이 움츠러졌다.

"봉호리 주민 …… 오늘 매촌 이상만 어 …… 집에서 마을 대동계와 이장 슨거가 있겠 …… 모두 참여 ……"

'말도 제대로 못하는 게 이장 한번 했으면 했지, 욕심은 많아 가지고' 혼잣말로 중얼거리며 애써 들썩거리며 삽짝문을 열고 가래로 치워놓은 눈길을 따라 밖으로 나가다 김성두는 마침 이웃에 살고 있는 친구 등식을 만났다.

"이봐 등식이 오늘 대동겟날은 날이 좋것지?"

태연한 척 하늘을 보며 말을 걸었다.

"이제 눈이 더야 오것는가? 그나저나 성두 자네 간밤에 좋은 꿈 꿨는가?"

"좋은 꿈은 뭐."

"이번에는 자네가 마을 일을 봐야제."

"나야 뭐, 그게 뭐 그리 대단한 일인가? 이웃간에 의리가 중요하지."

김성두는 혹시나 하는 생각에 등식에게 못을 박았다.

"이 사람아, 나까지 걱정하는가?"

"그게 아니고 자네 ……."

김성두는 등식에게 진한 눈빛을 보내며 그와 연결되어 있는 등식이 당숙, 삼촌, 조카, 사돈 표를 추슬렀다.

봉호리는 두어마장(?) 거리를 두고 삼태기 모양으로 매촌이 가장 위쪽에 있고, 묏동과 삼봉이 양 옆으로, 그리고 섬강에 인접해 있는 살미는 맨 아래쪽에 있었다. 가구수도 매촌이 가장 많은 29호, 그 다음으로 묏동 24호, 삼봉 23호, 살미 21호로 백여 호의 가구들이 옹기종기 모여 살았다. 전에는 불문율처럼 이장은 각 마을 차례대로 추대 형식으로 선출되어 2년여 동안 동네 심부름을 했지만 지난번 선거에 김성두가 출마하면서부터 마을 간, 또는 사람들 간에 은근한 신경전이 시작되었다. 이장 선거는 매년 대동계(大同契)에서 정월 대보름에 여는 마을 잔치 시에 실시하기로 하였고, 실제 주민들은 사백 명이 좀 넘었지만 가구당 1표씩 투표권을 주기로 하여 표수는 97표였다.

집집마다 쌀 석되씩 추렴하여 백근짜리 돼지를 잡고, 떡을 하고, 밥을 짓고, 막걸리를 받아와 대동계 정월 대보름 잔치가 열리는 이상만 어른 집은 점심때가 지나자 준비에 더욱 분주해졌다.

건장한 마을 청년들은 꽥꽥거리던 돼지를 기어이 쓰러뜨려 털을 벗기고 내장을 꺼내 순대를 만들고 몇 토막으로 나누어 장작불이 활활 타오르는 큰 가마솥에 넣고 푹 삶았다. 아낙네들은 청년들이 힘들어 쳐 놓은 찹쌀 덩어리를 치대고 잘라 인절미를 만들고 집집이 담아온 김치들을 오지 그릇에 볼품은 없지만 먹음직스럽게 뭉청뭉청 담아냈다. 철모르는 아이들도 미리 얻어먹을 것이나 없나 하고 부엌 주변을 맴돌기도 하고, 돼지 오줌보에 바람을 넣어 눈이 듬성듬성 녹아있는 양지바른 큰 밭에서 옥수수 그루터기에 발이 걸려 넘어져 가며 축구를 했다.

어스름 저녁에 벌어질 먹자판과 매촌 가운데 작은 동산에 징, 장고, 꽹과리, 북, 새납들이 모여 흥겹게 돌아갈 놀이판 기대에 애 어른 할 것 없이 마음이 들떴다.

김성두는 약간은 속이 보이기도 했지만 일찌감치 이상만 어른집으로 가서 이리 기웃 저리 기웃하면서 음식 준비하는 아낙네에게 농을 걸기도 하고 청년들의 어깨를 두드려 주기도 하고 특별히 준비한 권련을 이 사람 저 사람에게 권했다.

"아이구, 우리 새 이장 두칠이 아버지 오셨네."

푼수떼기 과부 능양댁이 말을 붙였다.

"이장은 무슨, 아직······."

능양댁에게 가볍게 눈을 흘기면서도 기분이 나쁘지는 않았다.

대동계가 열리는 이상만 어른집 마당에서 김성두는 고기를 씹고, 떡을 우물거리고, 평소 그렇게 좋아하는 막걸리를 마시면서도 별로 맛있다는 느낌은 없었고, 잠시 후 선거만을 떠올리며 천연덕스럽게 조금씩 자리를 옮겨가며 마을 사람들의 눈치를 보며 술잔을 권해갔다.

"성두, 이거 이따 한표 찍어 달라구 주는 술인가?"

"무슨 말씀을 동네 어른께 그냥······."

"하여간 알았네."

바쁘기는 조인걸 이장도 마찬가지였다. 김성두와 거리를 두고 저쪽에서 역시 빙빙 돌며 특유의 호걸풍의 웃음으로 자신만만한 표정으로 술잔을 돌리며 자리를 슬쩍슬쩍 옮겼다.

"이봐 성두, 이따 선거는 선거구 우리 같이 한잔하세."

조인걸이 김성두를 마치 아랫사람 부르듯이 손짓을 하며 불렀다.

"그러지 뭐."

대답은 했지만 그리로 자리를 옮기지는 않은 채 속으로 되뇌었다.

'싸가지 없는 놈 같으니라고. 나보다 한 살이나 적은 게'

"하긴 김반장이 아직 조이장 상대가 되겠는가?"

희미함 속에서 들리는 말이 김성두를 무척 거슬리게 했으나 누군지는 쉽게 확인이 되지 않았다.

마을에서는 유일하게 서울에 가서 졸업은 비록 하지 못했지만 대학까지 다닌 김덕팔은 그냥 주저앉아 농사꾼이 되지도 못하고 이렇다 할 일 없이 돌아다니며 괜스레 청년들만 몰고 다니며 농민운동이니 의식이니 주절거리고 다녀, 애꿎은 지서 김순경만 한 달에 한 번씩 삼십 리 걸음을 하게 했다. 기어이 이번에는 철딱서니 없이 마을의 중진들이나 하는 이장에 까지 도전했다. 자식에 대한 기대가 사라져버린 덕팔의 아버지 김영감은 동네를 돌아다니는 일이 점차 줄어들었고, 오늘 이 자리에 나오지도 않았다. 김덕팔은 오늘도 역시 동네 청년들 사이에 앉아 진지하게 계몽인지 의식인지만 떠벌리고 있었다.

97표 중에서 거동이 불편하여 이 자리에 나오지 못한 매촌 두칠 영감과, 원주 시내 아들네 집에 가서 돌아오지 않은 묏동 동식 영감과, 돈 벌러 타지에 가서 소식이 없는 삼봉의 철원이를 제외하고 94표가 이

자리에 모여 있는 것을 거듭 확인했다. 동식 영감과 철원이가 안 나온 것은 다행이랄 수도 있지만 같은 마을인 두칠 영감이 없는 것은 영 마음이 개운하지 않았다. 한 표가 아쉬운 판국에 아까 낮에 병문안을 핑계로 슬쩍 두칠 영감집을 찾아 갔다.

"내가 원 미안해서 자네 선친을 보더라도 내가 나가서 한표 찍어야 하는데 ……."

"어르신네 그게 아니고 웬만하시면 제가 업고라도 가서 따뜻한 국밥이라도 한 그릇 드시라고 ……."

벌써 몇 달째 자리보전하고 있는 뼈가 앙상한 노인에게 기어이 속내를 드러내고 만 것을 영 찜찜하게 느끼면서도 아쉽게 발걸음을 돌려야만 했다.

개표가 진행될수록 김성두는 남모르게 손을 쥐었다폈다 하면서 표를 갈무리해나갔다.

당초의 예상대로 김덕팔은 청년들이 가장인 가구수와 비례하고 있었고, 조인걸은 김성두를 계속 앞서가고 있었다.

조인걸 30표, 김성두 21표, 김덕팔 5표, 무효 2표

"자, 이번 이장도 뫼동으로."

조인걸의 아들 친구인 동수의 말에는 진한 술기운이 묻어 있었다.

'저런 싸가지 없는'

김성두는 동수를 길게 쏘아보며 혼잣말로 소리쳤다.

이제 97표 중에서 58표가 개표되었으니까 39표가 남았는데 김덕팔이가 2표는 더 얻을 것이고, 최소한 42표에서 44표는 얻어야 당선될 수 있기 때문에 나머지 39표 중에서 21표 이상은 얻어야 당선될 수 있다고 어림 계산하는 김성두의 손은 가볍게 떨려왔다.

눈덩이로 쓴 황토벽 후보자들이 조금씩 말라가는 가운데, 조인걸은

당선이 유력하다는 듯이 여유롭게 마을 주민들을 쓱 둘러보았다.

초반부터 표가 고른 비율로 나왔기 때문에 큰 기대는 할 수 없지만 김성두는 내심 봉호리 4개 마을 중 가장 많은 가구를 가지고 있고 거의 자신을 지지해 주리라고 믿고 있는 매촌 표가 아직 삼태기 속에 머물고 있다가 장마 때 터진 봇물처럼 조인걸의 표를 쓸어 덮어 주기를 간절하게 기원했다.

김성두가 젊었을 때부터 이장을 한번 해보겠다는 생각을 내심 가지고 있었지만 감히 엄두를 못내다가 결정적으로 뜻을 굳힌 것은 3년 전에 삼선개헌 찬성을 유도하기 위함이라지만 실제로는 거의 협박하기 위하여 산골까지 방문해 준 군수를 만난 이후였다.

마을에 들어서서 지프차에서 내리는 박훈기 군수의 짙은 선글라스에 주민들은 이미 압도되어 있었다.

왜정 때 군청에서 측량기사로 시작하여 해방 후 도청 토목과장을 거친 기술직 관료 인 박훈기는 운 좋게도 군수에 오르게 된 입지전적인 당당함이 불룩한 아랫배로 모여 한껏 권위를 드러내었다. 수행한 경찰서장, 면장, 지서장은 박훈기 군수의 주위를 맴돌며 위풍당당함에 힘을 더해 주었다.

이상만 어른집 마당에 가득 모인 선거권을 가진 봉호리 주민 대부분과 구경 좋아하는 어린 아이들 앞에 박훈기 군수는 오른손에 든 은색 지휘봉으로 왼손 바닥을 뚝뚝 쳐가며 점령군 지휘관처럼 사람들을 쓰-윽 훑어보며 바깥 툇마루 밑 봉당으로 올라섰다.

"에, 친애하는 봉호리 주민 여러분."

약간은 어눌한 말씨로 앞산을 바라보며 말을 이었다.

"제1공화국의 부정부패와 제2공화국의 무능을 일소하고 국민 여러분들을 잘 살게 하시겠다는 일념 하에 이 나라를 영도하고 계신……"

같은 말을 많이 해 본 솜씨였고, 주민 역시 어디에선가 많이 들어본 듯한 말들이 마치 녹음기에서처럼 흘러나왔다.

"그런데 불행하게도 현재의 법으로는 두 번 밖에 대통령을 못하게 되어 있습니다. 따라서 내년이면 우리의 위대한 영도자는 더 이상 대통령을 못하게 되어 있다는 말입니다."

박훈기 군수는 스스로 점점 격앙되어 갔다.

"만약에 내년에 정권이 바뀐다면 그 얼마나 혼란이 심하겠습니까. 하다못해 봉호리 이장만 바뀌어도 인수인계다 뭐다 해서 복잡한데 이 나라 삼천리 대통령이 바뀐다면 그 얼마나 어수선하겠습니까. 만약에 그렇게 된다면 다른 것은 다 그만두고라도 저 북쪽의 김일성이가 가만히 있겠습니까?"

주민들은 괜스런 불안한 얼굴로 북쪽 하늘을 쳐다보며 고개를 끄덕끄덕 했다.

"그래서 이 시점에서 우리가 할 일은, 아 그건 나보다는 봉호리 이장인 ……."

눈치 빠른 면장이 얼른 뛰어 올라가 군수에게 귓속말로 뭔가를 알려 주었다.

"아, 봉호리 김판득 이장은 잠시 이리로 올라와 말해 보시오, 어떻게 해야 하는지."

주민들 앞에 어정쩡하게 서 있던 김판득 이장이 봉당으로 올라가 황송스러운 표정으로 군수 옆에 섰다.

"아, 봉호리를 잘 이끌고 있다고 내 벌써부터 말은 많이 들었소. 생각나는 대로 말해 보시오."

"그야 당연히 현재 하고 계신 분이 계속 하셔야죠. 어디 그만한 어른이 또 있겠습니까. 이 나라에."

사전에 입을 맞춘 사람처럼 술술 흘러나오는 이장의 말에 군수의 입가에는 흡족함이 흘렀고, 면장은 안도의 한숨을 쉬었다.

하긴 지난번 면장이 주재한 이장회의에서 사전 교육과 함께 돈봉투를 받았고, 이장 마누라들까지 반공교육을 구실로 같은 교육과 돈봉투를 받았다는 소문이 파다했다.

"맞소, 자 우리 훌륭한 이장님께서 옳은 말을 했어요."

김판득 이장은 칭찬 받은 어린 아이처럼 으쓱해지고 있었다.

"그래서 현재 정부에서는 김일성으로부터 나라를 지키고, 경제적으로 부강할 수 있도록 하기 위하여 대통령을 더 오래 할 수 있도록 법을 바꾸고 있어요. 따라서 법을 바꾸는 투표에서 여러분들이 할 일은 찬성이란 곳에 동그라미를 표시해야 한다는 것은 잘 아시리라 믿고 말을 마치겠습니다."

경찰서장, 면장, 지서장은 지극히 당연하다는 듯이 고개를 끄덕이며 주민들에게 박수를 유도했다. 어색하지만 긴 박수소리가 마당 가득히 넘쳤다.

군수는 아직도 옆에 어정쩡하게 서 있는 이장에게 악수를 청하더니 꽤 두툼한 흰 봉투를 내밀었다.

"이건 지사님께서 특별히 주시는 하사금인데, 주민들과 막걸리나 한 잔 하시오."

이장은 굽실거리며 봉투를 받으며 이 봉호리는 걱정하지 말라는 듯이 주민들을 쓱 내리 훑었다.

주민들 사이에서 괜스레 우쭐해진 김성두는 군수와 함께 옆에 서있던 이장조차도 자꾸만 위대하게 느껴졌다.

'그래 나도 이장을 한번 해보자.'

연임한 김판수 이장의 임기가 1년여가 지나자 동네에서는 다음 이장은 나이, 동네 순으로 보아 조인걸로 거의 정해져 있었다. 형식상의 선거야 치러지겠지만 지금까지의 불문율로 보면 거의 조인걸이 추대 형식으로 차기 이장을 맡게 될 것이었다.

나이가 한 살이 더 많은 김성두는 차기 이장 후보자인 조인걸과는 아래윗동네에 살면서 초등학교도 1년 먼저 다녔으나, 어려운 가정 형편 때문에 초등학교를 3학년까지만 다녔기 때문에 굳이 선배랄 것은 없다. 그리 친하지는 않지만 그렇다고 소원한 관계도 아니었다. 좀 더 기다리다 보면 김성두에게도 차례가 올 수도 있겠지만 마음먹은 길에 끝을 보기로 단단히 결심을 하고 이장 선거를 한 달여 앞두고 출마 선언을 했다.

당황한 조인걸은 중간에 사람을 넣어 은근히 만류하고, 주위에서도 김성두에 대해서는 그리 비중을 두지는 않았으나 그가 살고 있는 매촌을 중심으로 사람들을 설득해 나갔다.

"제가 비록 초등학교도 제대로 못 나오고 가진 재산도 없지만 동네 일만은 누구보다도 열심히 할 자신이 있고, 조인걸이 보다 그리 못한 것도 없고, 그러니 ……."

2년 전 그때도 그랬다. 정월 대동계날에 이상만 어른집 마당에서 조인걸과 김성두 둘 만이 출마한 가운데 이장 선거가 이루어지고 지금처럼 밤중에 개표가 이루어졌다. 선거다운 선거는 아마 처음이었을 것이다.

결국 김성두는 예상했던 표수에 많이 못 미쳐 거의 조인걸의 일방적인 승리로 개표는 끝이 났다. 빙글빙글 웃으며 악수를 청하는 조인걸이 마치 '자식 너 가지고는 아직 안되지, 이게 바로 순리야' 하고 비웃는 것 같아 엉겅퀴 잎새가 목에 걸린 듯 울컥하는 생각이 들어 의례적인 축하의 말조차 쉽게 나오지 않았다.

김성두를 더욱 분통 터지게 했던 것은 다른 동네 표는 그렇다 치더라도 그가 굳세게 믿고 있던 매촌에서 조차 십여 표 정도의 이탈표가 생긴 것이다.

대충 짐작이 가긴 하지만 십여 명의 이탈자에 대해서 별다른 내색은 할 수 없었다.

- 될 때까지 나와야지 -

김덕팔은 예상했던 대로 5표에서 진전이 없고, 조인걸이 30표에서 3표를 보태는 사이에 김성두는 21표에서 무려 10표를 보태 조인걸을 2표 차이로 쫓아가고 있었다.

'그러면 그렇지 이제는 역전만이 ……'

김성두는 정상이 바로 눈앞에 보이는 것 같은 착각 속에서 손만이 아니라 어깨까지 부르르 떨리는 오한이 일었다.

지난번 이장 선거에서 떨어진 지 얼마 후에 매촌에서 반장을 보던 천동석이 시내로 이사를 갔다. 반장은 특별히 임기가 정해져 있지 않았기 때문에 좀 오래 본다 싶어 본인이 스스로 내 놓거나 부득이한 사정이 있을 때만 사람을 바꾸었다.

천동석을 송별하기 위한 저녁 술판에서 자연스럽게 새로운 반장 이야기가 나오고 만장일치로 김성두가 추대되었다. 이장에 뜻을 둔 사람으로서 좀 창피한 감이 없지도 않았지만 이것도 기회다 싶어 김성두는 기다렸다는 듯이 반장직을 수락했다.

"큰 일을 할 사람이 반장을 하겠는가?"

약간 술이 취한 등식의 말에는 적당한 비아냥이 섞여 있었지만 김성두의 귀에는 그리 듣기 싫은 소리로 들리지 않았다.

- 이것으로라도 발판을 만들어야지 -

김성두는 매촌의 일에 이제는 반장이라는 공식 직함을 가지고 열심히 마을 대소사를 챙겨나갔다. 특별한 볼일이 없어도 마누라한테 욕을 먹어가며 이 핑계 저 핑계로 시내를 드나들었고, 시장 바닥에서 주워들은 새로운 이야기들을 마을 사람들에게 전하기도 하고, 마을 사람들이 필요로 하는 고무신, 생선, 일용잡화 등과 같은 물건을 사다주는 심부름을 충실하고 정확하게 수행했다.

- 성두는 역시 충실한 심부름꾼이야 -

어느새 피차 껄끄러운 상대로 변해버린 조인걸 이장이 주재하는 4개 마을 반장회의에 참석하고 돌아오면 매촌 사람들이 삼삼오오 모인 곳을 찾아다니며 일일이 설명을 했다.

"아 글쎄, 지난번 반장 회의에 가서 가만히 눈치를 보니까 조 이장 그 사람이 이번에 농협에서 외상으로 주는 농약과 비료를 은근히 지가 사는 묏동 사람들에게 더 배정을 하더라구요. 그래서 제가 강력하게 이의를 제기해서 매촌, 삼봉, 살미에 고루고루 더 나눠 갖게 됐지요."

"그런 일이 있었어. 조 이장은 안 그럴 사람일텐데."

지난번 선거 때 매촌에서 조인걸을 찍은 사람으로 확신하고 있는 박만기가 은근히 김성두를 반박했다. 박만기는 조 이장과 먼 사돈뻘이 되는 사람이다.

"그건 성님이 아직 조 이장을 잘 몰라서 그래요. 그 사람이 어떤 사람인데요, 아마 차기에 또 이장 해 먹으려고 다른 마을을 챙기는 척 하면서도 실상은 은근히 묏동 사람들을 중심으로 뭉치고 있다니까요. 그건 삼봉 이 반장이나 살미 정 반장한테 물어봐도 잘 알아요."

"그 사람 안되겠구만. 그렇게 안 봤는데."

작년 추곡 수매 때 불리한 등급 판정을 받고 농산물검사소 검사원과 실랑이를 벌일 때 옆에 있던 조 이장이 거들어주지 않은 것에 불만을 가지고 있던 황 노인이 곁불을 지폈다.

"그것뿐이 아니에요. 조 이장 알고 보면 욕심이 무척 많은 사람이라서, 이건 제가 사람 치사해지는 것 같아 이야기 안 하려고 했는데 지난번 대통령 취임 선물로 이장과 반장 몫으로 은수저를 한 벌씩 돌렸는데, 그걸 그냥 반장들한테는 나눠주지 않고 조 이장이 꿀떡해 가지고 그 집구석은 애덜 까지도 은수저로 밥 먹는다지요."

"설마 그렇게까지."

"언제 한번 그 집 식구들 밥 먹는데 가 보세요."

"그 사람 참, 앞으로 잘 살펴보아야겠네."

"그건 걱정하지 마세요, 이 김성두가 두 눈 뜨고 살아 있는 한 조인걸이가 앞으로는 절대로 그렇게 못하지요, 제가 반장을 하는 이유 중의 하나도 저 같은 사람이 딱 버티고 있어야 조 이장이 독선적으로 마을 일을 못하죠."

"역시 성두는 든든한 마을 일꾼이야."

마을 사람들의 은근한 부추김에 김성두는 비장한 각오를 더하며 주먹을 부르르 떨었다.

한결 차가움이 더해진 바람결에 남포불이 더욱 출렁거리고, 타오름의 기세를 잃은 마당 주위의 참나무 장작 알불 주위에서 사람들은 시린 발을 구르며 개표 상황이 전개되고 있는 황토벽을 바라보았다.

"자, 거의 결판이 난 것 같은데 좀 빨리빨리 표를 까보슈."

아까 조인걸을 응원했던 묏동 사는 동수가 술기운이 철철 넘치는 말로 개표를 채근했다.

"알았어, 임마. 우리도 빨리하고 있잖아, 독촉하지 말어. 어휴 추워."

동수의 친구인 삼영이가 다시 삼태기 속에 손을 넣으며 짜증스럽게 눈을 흘겼다.

"저 싸가지 없는 놈이 계속 지랄이네."

김성두도 혼잣말로 되뇌었다.

"자네 초조한가 부네."

옆에 서있던 조인걸이 김성두의 옆구리를 꾹 찔렀다.

"초조하기는 뭐. 애는 낳아봐야 아들인지 딸인지 알지."

애써 태연스럽게 조인걸의 말을 받으면서도 김성두는 아랫입술을 꽉 깨물었다.

이제 삼태기 속에는 개표를 기다리는 투표용지가 겨우 10여 표 밖에 남지 않았다.

조인걸 42표, 김성두 36표, 김덕팔 6표, 무효 3표.

잠시였지만 김성두의 올라가던 기세는 이미 멎었고 조인걸은 당선 유력에서 확실 쪽으로 확정되어 갔다. 비록 표 차이는 6표에 불과했지만 김성두가 건너뛰기에는 한강만큼이나 넓었다.

"김덕팔"

덕팔의 이름 옆에 그어지는 눈덩이 작대기를 보며 김성두는 일단 안도의 한숨을 쉬었으나 서늘한 기운이 정강이부터 스멀스멀 기어올랐다.

이제 남은 9표 중에서 김덕팔이 표와 무효표가 더 나온다면 조인걸의 당선은 이미 결정된 것이고 다행히 그렇지 않다고 하더라도 조인걸은 2표 정도만 더 얻으면 되고, 김성두는 8표 이상을 더 추가해야만 했다.

"김성두"

"김성두"

"김성두"

갑자기 김성두의 옆에 작대기가 세 개나 더 추가되었다.

"하긴 이제 빈집에 불때기지."

등식이 아쉽다는 듯 혀를 찼다.

"아, 동네 어르신네들. 우리 봉호리가 아무리 시골이라고는 하지만 그래도 이장이라도 할라면 최소한 중학교 물이라도 먹은 사람이 해야 되지 않겠어요."

지난 번 이장 선거 이후에 조인걸은 동네 사람들이 모인 자리에서 김성두를 빗대며 슬쩍슬쩍 이 말을 비쳤다.

"그럼, 무식한 놈보다는 그래도 똑똑한 놈이 낫겠지."

"그럼요. 지난번에 이장 회의에 갔더니, 거 요 옆에 대봉리 봉이석 이장 놈이 고등학교까지 나왔다고 얼마나 뻐기는지, 나 원 더러워서."

"그 사람 나도 아는데 고등학교까지 나온 인사가 못되는 것 같던 데."

"아, 그 집이 좀 살림이 괜찮잖아요. 그래서 아마 시내 농고에 돈 주고 들어갔다지요."

"하여간 나오긴 나왔구만."

"그럼요 뒷문으로 들어가 앞문으로 나와도 나온 건 나온 거지요. 그런데 우리 동네 이장이라는 인사가 똑똑하고 안 똑똑하고를 떠나서 초등학교도 못 나왔다고 하면 어디 가서 대접 받겠어요. 아니 동네 전체가 무시당하지요."

"그건 그렇지만……."

그래도 김성두에게 좋은 감정을 가지고 있는 권 노인이 말꼬리를 흐렸다.

"참, 그리고 어르신네. 제가 이런 말까지는 안하려고 했는데, 제가 믿는 처지니까 허심탄회하게 한 말씀 더 드리죠."

조인걸도 차마 쉽게는 내키지 않는 듯 잠시 앞산을 바라보며 고른 숨을 쉬었다.

"뭔 이야긴데 뜸을 들여?"

"글쎄요. 어떻게 생각 하실런지는 몰라도 이장은 그래도 이 동네 태생이고 살아온 과정도 좀."

"그게 뭔 뜻이여? 좀 자세히 말해 봐"

"이거 뭐 이런 말씀드리면 제가 뭐 김성두를 너무 무시하는 것 같이 들리시겠지만."

조인걸이 김성두를 아예 대 놓고 말을 이었다.

"김성두가 이 동네에 산 것은 어릴 때부터였다고 하지만 고향은 원래 충청도 아니에요. 그래도 성두 아버지가 어디 원 동네에서 사람 구실이나 했어요. 한학을 좀 했다고는 하지만 남의 곁방살이나 했지, 원."

"예끼 이 사람 뭐 옛날이야기까지 들추고 그래, 죄 받을려구. 성두 그 사람이 타처에서 들어와 아버지와 어렵게 살았다고는 하지만 남에게 피해 안 입히구 나름대로 성실하게는 살았잖은가?"

"글쎄 뭐 그렇다는 얘기지요. 지가 지금……."

여러 입을 거쳐 이런 말을 전해들은 김성두는 오랫동안 분함을 삭히지 못해 몸을 부르르 떨며 조인걸을 당장 요절내고 싶을 때가 한두 번이 아니었다.

"김성두"

"김성두"

또 이름이 연거푸 불리고 작대기 두 개가 더해져 이제 조인걸과의 표 차이를 단 한 표로 좁혀 놓고 있었다.

김성두는 꺼져가던 석유 등잔 심지가 확 올라가는 듯한 느낌 속에서 조인걸을 제치며 한 발 더 앞으로 나갔다.

"이 사람 왜 이래."

조인걸도 상당히 신경질적으로 김성두의 허리춤을 가볍게 잡아 당겼다.

김성두는 동성인 김씨들이 대대로 세가를 이루며 살고 있는 충청도 어느 시골 마을에서 태어났다. 아버지도 집안 대대로 이어오던 한학을 공부하며 서당 훈장을 하였으나 배우려는 학생이 한 명도 남지 않게되어 스스로 농사꾼이 되기는 하였지만 이미 집안에는 송곳하나 꽂을 땅 뙈기조차 없었다.

하나 밖에 없는 자식 성두가 두어 살 무렵에 성두의 어머니는 홀연 마을에서 사라졌다. 가난하다고는 하지만 부부 금슬이 그리 나쁜 것도 아니었는데 어느 날 장으로 나간 성두의 어머니는 다시 돌아오지 않았다. 이러저런 흉흉한 소문을 쫓아 성두를 친척집에 맡기고 아버지는 일 년여를 찾아 다녔지만 결국에는 거지꼴이 되어 홀로 동네로 돌아왔다.

집으로 돌아온 아버지는 얼마간을 또 허탈하게 근동을 이리저리 떠돌더니 창피해서 더 이상 고향에서 못 살겠다며 어린 성두를 업고 먼 일가 부치들이 살고 있는 봉호리로 흘러 들어왔다. 변변하게 집을 마련하여 살지도 못하고 그래도 좀 살림이 괜찮은 친척집 사랑채로 몇 달씩 옮겨 다니며 일을 거들어 부자가 겨우 밥이나 얻어먹었다.

성두가 나이가 들어가도 학교에는 보낼 엄두를 내지 못하다가 해방이 되어 실시된 의무 교육 덕분으로 초등학교에 들어갔다. 머리가 그리 둔하지 않은 성두는 나름대로 열심히 공부를 하긴 했지만, 6·25사변 때 아버지가 어머니가 그랬던 것처럼 홀연 자취를 감추어 버렸기 때문에 학교문을 아주 나와야 했다.

좌익이건 우익이건 정치 활동할 주제도 아니었지만 그 어느 쪽에 의해 희생이 되었다는 이야기만 있을 뿐 머리털 하나 찾을 수 없었다.

"아 글쎄, 김성두가 얼마나 무식한 지 왜 미국에서 원조해 준 밀가루 푸대에 USA라고 쓴 것을 보고 미국말로 밀가루가 그거냐고 묻더라니까요?"

"짜식, 지는 얼마나 유식해서. 조씨네 둘째 아들 출생 신고를 대신해 준답시고 갑식(甲植)이를 신식(申植)으로 바꾸어 놓았으면서."

김성두는 초등학교 다닐 때 한글도 웬 만큼 깨우쳤고 이후 대학생 봉사단을 통해 꾸준히 공부하여 읽고 쓰는 데는 지장이 없었으며, 구구단도 다 외웠기 때문에 셈하는 데도 별로 불편이 없었다.

"김 반장, 김성두가 글쎄 보건소에서 나누어 준 새 생명 잉태 방지용 물건을 지 자식 놈들한테 줘서 풍선처럼 불고 다니게 하더라니까요."

"조 이장 그 사람이 얼마나 사람이 모자라면 쥐약을 소화제인 줄 알고 애덜한테 먹였다가 애 잡을 뻔 했잖아요."

"김성두"

조인걸과 김성두의 이름 옆에는 바를 정(正)자 여덟 개와 완성을 바라는 바를 정(正)이 나머지 세 획을 기다리며 나란히 그려져 있었다.

김성두는 몸이 스르르 풀려가고 조인걸의 얼굴은 남포 불빛을 따라 이글거렸다.

"조인걸"

"김성두"

조인걸과 김성두의 이름이 차례차례 불렸고, 또 다시 미완의 바를 정(正)자에 공평하게 한 획씩을 더했다.

이제 삼태기 속에 남아 있는 마지막 한 장의 투표용지를 꺼내는 삼영이의 손끝이 바르르 떨렸다.

"와" 하며 영석이가 제풀에 겨워 박수를 쳤다.

전에 면사무소에서 심부름을 했던 경력이 있는 영석이는 김성두가 이장이 되면 서기를 맡고 가구마다 1년에 쌀 한 말, 보리 한 말 받는 것을 반으로 나눠 갖기로 했었다. 하긴 이장이 되면 여러 가지 잡다한 서류 정리를 위해서도 영석이가 필요하기도 했지만, 선거 전략으로도 꼭 필요한 사람이었다.

"우리 성두 성님이 가방끈이 조금 부족하다고는 하지만 제반 실무적인 일은 이 영석이가 맡아서 할 거니까 염려하지 않으셔도 되지요."

마지막 남은 한 장은 아직 삼영의 손에 머물러 있었다. 사람들은 두가지 갈림길에서 머리가 빙빙 돌았다. - 조인걸이나 김성두가 승리하거나, 다시 투표를 해야하는 -

마지막 한 표를 손바닥에 놓고 삼영은 조인걸과 김성두를 쓱 둘러보며 두 사람 모두에게 의미 있는 표정을 보이며 이상만 어른에게 표를 건넸다.

표를 건네받은 이상만 어른은 눈을 비비며 남포 불빛에 표를 비췄다.

"헛헛"

헛기침을 두어 번하고는 삼영이가 그랬던 것처럼 조인걸과 김성두를 내려다보며 무겁게 입을 열었다.

"김성두"

봉호리 하늘로 자꾸만 날아오르는 김성두를 위해 징이 울리고, 북이 두들겨지고, 꽹과리가 춤을 추었다.

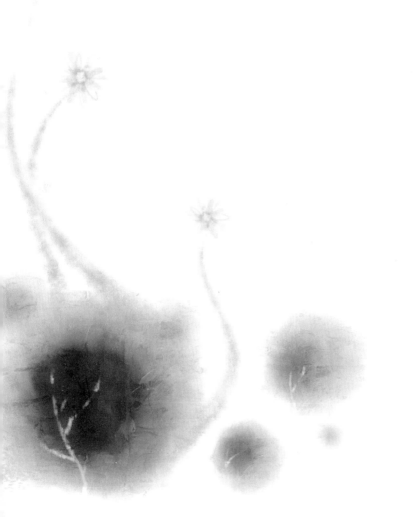

우리 까마귀

우리 까마귀

창 밖에는 꽃샘추위의 찬 바람이 아직 풀리지 않은 대지 위에 냉기를 더하고 있었다.

아침 조회 20분전. 어제 그들의 전령이 전하고 간 시간이 가까워지고 있었다. 교실은 긴장이 감돌고 이따금 의자를 끄는 가벼운 소리만이 있을 뿐 누구하나 소리 내어 떠들지 못했다. 그들은 입학한지 1주일 밖에 안되는 우리들에게 어느새 공포로 작용하고 있었다.

드르륵, 교실 앞의 밑창문이 열리며 철렁거리는 군홧발들이 교실 안으로 들어섰다. 긴장한 우리들이 미처 고개를 수그리기도 전에 그들 중의 하나는 서슴없이 교단위로 올라섰고 나머지 일곱 여덟은 교단 양쪽에 도열해 섰다.

검은 베레모 아래로 보이는 차가운 눈초리가 매섭게 우리들을 노려보았고 어깨위의 푸른 견장과 금색 버클이 작달막한 그의 키를 크게 느껴지게끔 했다. 교련복 위의 가슴과 허리에 두른 하얀 X반도가 그에게 깔보지 못할 위엄을 자아내게 했고 교련복 바지를 군화 목까지 걷어 올려 집어넣은 링 속의 구슬소리가 더욱 선명하게 그들의 존재를 빛나게 했다.

"차렷" 우리 반의 임시 반장인 민철이의 구령이 침묵을 부수며 긴장한 우리들의 어깨를 쭈뼛 올라가게 했다.

"경례" 민철이의 이 말이 떨어지기가 무섭게 그들 중의 하나가 소리 쳤다.

"모두 책상위로 올라가 눈을 감는다."

우리는 책상위에 미리 펴 놓은 책이며 노트를 아랑곳하지 않은 채 순식간에 책상위로 올라가 눈을 감았다.

"자 눈을 감은 채 듣는다. 나는 이 학교의 밴드부장에 썩은 이빨 임무근이다."

감히 눈을 뜨지는 못했지만 그 목소리는 교단 위에서 흘러나오는 목 소리가 분명했다.

"밴드부에 대한 설명은 필요 없을 줄 안다. 하지만 밴드부는 이 세 상에서 가장 멋있고 씩씩한 사나이들의 집합체이다. 따라서 너희들은 자원해서 밴드부의 신입부원으로 지원해 주기 바란다. 밴드부에 자원 하는 놈은 지금 조용히 책상에서 내려와 앞으로 나온다."

다시 일순 교실에서 침묵이 흘렀고 자원해서 책상을 내려가는 소리가 들리지 않았다.

"이 새끼들 모두 그 자리에서 손 위로 올려."

우리는 책상 위에 선채 손을 번쩍 들어 올렸다.

군화 발자국 소리와 링 소리가 어우러져 잠시 소란스러움이 느껴 졌다.

그들이 우리들이 서 있는 책상골을 타고 들어오는 소리가 들렸다.

'억 쿠당탕'

한 학생이 책상 위에서 떨어지는 소리의 공포감으로 떨고 있는 내 가슴위로 주먹이 날아들었다. 뒤에서 있는 학생의 가슴에 머리를 쳐

박고 뒤로 굴러 떨어지는 사이 몇 군데서 거의 동시에 같은 소리가 들렸다.

"지금 맞은 놈들은 앞으로 나와."

미처 아픈 가슴을 문지르지도 못하고 앞으로 달려 나갔다.

"너희들은 오늘 점심시간에 점심을 먹지 말고 밴드실로 온다."

그들은 곧 철럭거리며 교실을 나갔고, 앞으로 끌려 나오지 않은 학생들은 안도의 숨을 길게 내 쉬었지만 끌려 나갔던 우리는 침울하게 제자리를 찾아 들어 갔다. 첫째시간이 끝난 후 나하고 같은 처지가 된 훈철이와 만났다.

"야, 우리 점심시간에 도망가자."

이미 그들의 악명을 들은 훈철이가 잔뜩 겁을 집어 먹은 목소리로 말했다.

"야, 저 새끼들이 얼마나 악질인지 몰라서 그래, 학교에서 못 찾으면 집에 까지도 쫓아 온대잖아."

"그래도 일단 밴드실까지만 가면 반은 죽어서 나온다는데."

"야, 우리 일단 가보자. 설마 죽이기야 할라고. 차라리 우리 밴드부에 들어갈까?"

"미쳤냐 임마. 저 새끼들 순 돌대가리 깡패들이라고."

그러나 결국 우리는 셋째 시간이 끝나고 일찌감치 점심을 먹어 치우고 밴드실로 향했다.

밴드실은 학교 아래 언덕 오솔길로 내려가 양어장 옆 한적한 곳에 있었다.

"야 사람 잡아도 모르겠다."

우리가 밴드실 안에 들어가자 아침에 본 옷차림의 사람들이 삼십여 명가량 의자에 앉아 기다리고 있었다.

"새로 온 놈들은 앞에 서."

키 큰 학생 하나가 능글맞게 웃으며 우리를 앞에 세웠다. 앞에 선 우리 신입생은 다른 반 학생들까지 합쳐 열 명이 넘었다. 아까 아침에 교단 위에 섰던 밴드부장이 말을 시작했다.

"너희들은 우리 밴드부에 선택된 행운의 인간들이다."

말하는 그의 앞 이빨 하나가 까맣게 썩은 것이 보였다. 아침에 그가 스스로 썩은 이빨이라고 하던 말이 생각나 우스운 생각이 들었지만 겉으로 웃을 용기는 전혀 없었다.

"아침에 잠깐 너희들에게 이야기 했지만 우리 밴드부는 이 학교에서 가장 우수하고 씩씩하고 멋있는 학생들이 모인 곳으로서 남녀 공학인 우리 학교 푼(여학생)뿐만 아니라 시내 모든 푼들의 우상임을 밝혀 두며, 우리 밴드부에 들어오면 교내 어떤 주먹으로 부터도 보호를 받을 수 있으며 그 주먹의 범주에는 일부 선생들도 포함되어 있다. 그리고 일부는 장래를 걱정하는 놈들이 있는 것 같은데 너희들이 열심히 하면 음대는 물론 일반 대학에도 진학 할 수 있다. 그 예로 올해 두 명의 선배가 음대와 농대에 각각 진학했다. 비록 재수는 했지만."

그 때 뒤에 서 있던 헐크(나중에 안 별명이지만)가 커다란 물푸레 나무 몽둥이를 들고 앞으로 걸어 나오는 것이 보여 다시 우리를 바짝 긴장하게 하며 가슴을 떨리게 했다.

"야 종선이 너는 너무 성질이 급해. 조금만 기다려."

밴드부장의 이 말에 헐크가 나오던 중간에서 몽둥이로 바닥만 턱턱 찍었다.

"너희들은 전원 기쁜 마음으로 밴드부에 지원해 주리라 믿지만 한 번 묻겠다. 지금 내말에 찬성하는 놈은 손을 들어 주기 바란다."

우리는 서로 눈치만 볼 뿐 누구하나 손을 들지 않았다.

"이 새끼들이."

밴드부장의 얼굴이 심하게 일그러졌다.

"참고로 밝혀 둔다. 너희들을 환영하려는 이 선배들의 마음을 거부할 시, 이 밴드실을 걸어 나가지 못할 것이다. 야, 문걸고 커텐 쳐."

출입문이 걸리고 암막 같은 검은 커텐이 쳐 지고 형광등들이 켜졌다. 헐크가 어느새 앞에 나와 서 있었다.

"지금부터 하나하나에게 묻겠다. 야, 종선아 네가 처리해."

일단은 찬성하는 학생들은 의자사이로 들어가고 끝까지 반대하는 학생들은 한쪽으로 몰아 세웠다. 나는 의자 사이로 들어갔고 한쪽컨으로 몰린 학생들은 여섯 명이었는데 훈철이도 거기 끼여 있었다.

나는 사실 밴드부에 상당한 매력을 갖고 있었다. 비록 음악에 소질이 있다거나 좋아하지는 않지만 밴드부에서 연주하는 경쾌한 행진곡 풍의 음악들이 괜스레 마음을 들뜨게 하고 야릇한 충동을 느끼게끔 했다.

"엎드려 뻗쳐."

끝까지 밴드부에 들어오기를 거부한 학생들에 대한 헐크의 매질이 시작되었다. 그가 가지고 있던 물푸레 나무 몽둥이로 힘껏 휘둘러 댔다. 헐크가 매질을 시작하자 뒤에 있던 학생 몇 명이 더 나가 매질에 합세했다.

때리는 소리와 맞는 비명소리로 온 밴드실을 공포의 도가니로 만들었고 ―최소한 신입생들에게는 그랬다.― 훈철이는 헐크에게 세대를 맞고 난 후 더 견디지 못하고 밴드부에 입단했다.

"새끼 진작 그러지."

헐크가 매를 놓으며 훈철이에게 말했다. 그들의 매는 점심시간이 거의 다 끝나서야 끝이 났지만 그래도 훈철이 외에 매에 굴복한 자는 없었다.

"자, 이제 쩨쩨한 자식들이 다 꺼졌으니 진심으로 너희들을 환영한다. 자세한 것은 앞으로 천천히 배우기로 하고 연습 시간은 매일 점심시간과 방과 후 시간이다. 점심시간에는 점심을 미리 먹고 바로 올 것이며 방과 후에는 청소를 한다든가 하는 시간이 있어서는 안되고 바로 와야 한다."

밴드부장의 일종의 환영사였다.
방과 후에 가서 악기파트 지정을 받았다

언젠가 텔레비전이나 영화에서 본 이종보의 색소폰 소리와 모습이 좋아 색소폰 파트를 지원했다. 마침 색소폰 파트에는 3학년은 없고 2학년 2명이 알토와 테너 색소폰을 불고 있었는데 같은 학년인 경은이가 알토 색소폰을, 내가 테너 색소폰을 맡았다.

"너희들이 밴드부에 들어 왔고 더욱이 우리 색소폰 파트에 온 이상 내가 확실히 봐 준다. 내가 비록 2학년이지만 중학교 졸업하고 좀 꿇었기 때문에 3학년보다 나이는 많다."

테너를 부는 서연호는 별로 말이 없었지만 알토를 부는 노재룡은 처음부터 겁 보다는 약간은 믿음직스럽게 우리를 맞아 주었다.

"전원 집합."

누군가가 소리치는 소리가 들렸다.
여기저기파트별로 흩어져 있던 부원들이 밴드실로 모여 각자의 위치별로 앉았다.

"오늘 새로 들어온 신입 부원들에게 알린다. 너희들은 앞으로 어떠한 경우가 있어도 밴드부를 떠나지 못한다는 사실을 알아주기 바란다. 단 죽을 경우와 학교를 그만둘 경우 제외한다."

여기저기서 좀 웃는 소리가 났다.

"웃지마 새끼들아, 이용운이 나와."

방금 웃던 학생들 중 벨을 들고 있던 사람이 그것을 앞 책상에 놓고 앞으로 나왔다.

"너 이새끼 선배 말이 우습다 이거지."

그 학생은 2학년 같았다.

"몽둥이 갖고와."

누군가가 헐크의 물푸레나무 몽둥이를 밴드부장에게 갖다 주었다.

"몇 대 맞을래."

"다섯대 맞겠습니다."

"분필로 그리고 엎드려 뻗쳐."

그는 칠판 앞으로 가서 분필을 들고 칠판에 동그라미 두 개를 그리고 콘크리트 바닥에 역시 동그라미 두 개를 그렸다.

"손과 발이 원을 벗어날 경우 두 대씩 추가다."

동그라미의 의미가 이해가 갔다.

그는 정확하게 손과 발을 동그라미에 갖다 댔고 설마 하는 기대와는 달리 밴드부장의 몽둥이는 다섯 번 매섭게 허공에 바람 소리를 냈고, 뻗친 이운용의 손과 발은 동그라미를 벗어나지 않았다.

"들어가. 1학년생에게 특별히 밝혀 둔다. 아니 내가 말하면 복창하

라. 선배는 하나님과 동창생이며"

"선배는 ……"

"아버지와 술친구이며"

"아버지와 ……"

"어머니와 소꿉친구이며"

"어머니와 ……"

"고로 선배가 시키면"

"고로 ……"

"X으로 땅도 파며"

"X으로 ……"

"X장으로 마루에 못도 뺀다"

"X장으로 ……"

역겹고 우스웠지만 우리 1학년은 그의 말을 따라 하며 앞으로의 생활에 공포를 느끼며 차라리 아까 매를 좀 맞고 나갈 걸 하는 후회의 생각이 마저 일었다.

밴드실을 둘러싸고 있는 소나무 숲이나 양어장 가에서 2학년 선배를 따라가 처음 만져보는 색소폰을 배울 때에는 재미도 있고 좋아하는 악기를 배운다는 설렘도 일었다.

알토와 테너 색소폰이 각각 한 대밖에 없었기 때문에 2학년 선배 옆에서 기다리다가 그들이 실증이 나거나 어디에 가면 잠깐씩 밖에 볼 수 없었다. 그러나 "집합" 소리가 나면 공포와 함께 온 몸에 전율이 찌르르 느껴져 왔다.

집합은 주로 단체 연습을 하기 위해서였지만 3학년 선배들이나 밴드 부장이 기분이 좋으면 그대로 연습을 시작했지만 그런 경우는 거의 없었다.

"요새 1학년 새끼들의 군기가 해이해졌다. 1학년 악기 제자리에 놓고 앞으로, 2학년도 그 뒤를 따른다."

맨 앞에 나가는 녀석은 으레 칠판과 바닥에 동그라미를 그렸다.

밴드부에 들어간 지 이주일 정도 지난 후 음악시간이 끝나고 난 후 음악 선생이 교무실로 불렀다. 음악과 밴드부를 지도하는 박영선선생과는 내가 이 재단의 중학교를 나왔기 때문에 중학교 때부터 은사였다. 중학교 1학년 때는 체육과 지리를, 2학년 때는 세계사를, 3학년 때는 음악을 배웠다.

그는 음악을 무척 좋아 했고 자타가 공인하는 음악의 귀재였지만 각기 다른 과목을 지도 했던 것은 그가 걸어온 조금은 고통스런 삶의 길이었다.

"네가 밴드부에 들어온 것을 환영한다. 아니 솔직히 얘기하면 내가 밴드부장에게 너를 꼭 집어넣으라고 했다. 너는 음악성은 좀 모자라지만 너의 성실성과 통솔력을 믿기 때문이다. 그런데 네가 색소폰을 불고 있더구나. 색소폰은 유희적은 악기이지 음악적인 악기가 되지 못해. 즉 색소폰 가지고는 밴드부를 리드할 수 없어. 그러니 내가 밴드부장에게 이야기 할테니 클라리넷으로 바꿔."

"선생님 저는 색소폰이 좋은데요."

"클라리넷이나 색소폰이나 같은 리드악기 이고 구조가 비슷해. 색소폰은 나중에 혼자서라도 배울 수 있어.그리고 속단할 수 없는 이야기겠지만 네가 밴드부에 잘 있으면 너를 이 다음에 밴드부장으로 내가 생각하고 있으니까 내가 시키는 대로 해."

"예."

그날 오후 연습을 하고 있는데 밴드부장이 찾는다는 소리가 들렸다.

"야, 너 임마. 꼰대한테 잘 보였더라."

그가 꺼먼 썩은 이빨을 드러내며 말했다.

"아니 중학교 때……."

"알았어 임마, 오늘 당장 클라리넷으로 바꿔"

클라리넷 파트에는 이미 다섯 명이나 있었지만 고물일망정 악기에 여분이 있어 내 전용 악기가 생겨 선배가 빨던 리드를 다시 빨지 않아도 된 것이 무엇보다도 좋았고 3학년 박종걸, 이형식, 2학년인 남인술, 고인철 선배가 무척 온화하고 따뜻하게 맞이했고 더욱이 먼저 와 있던 훈철이와 다시 한 파트에 있게 되어 기뻤다.

점차 악기 부는데도 익숙해져 가고 세시간 끝난 후에 먹는 도시락 맛도 좋았고 다른 급우들에게 좀 미안하기는 했지만 청소는 으레 하지 않는 걸로 알게 되었다.

옆반인 1반 반장이 밴드부가 청소 안 한다고 그 반 밴드부와 싸운 후 밴드실에 끌려와 작살나게 맞고 간 다음부터 누구 하나 밴드부가 청소 안 하는 것에 대해 내놓고 불평조차 하지 못했다.

헐크가 밴드부장이 없는 사이 교단위로 올라갔다.

서서히 밴드실 안에 공포감이 무섭게 휘몰아 쳤다.

"이 새끼들 특히 1학년 새끼들 요새 형편없어졌어."

상투적인 그의 말이 시작 되었다.

그는 밴드부장이 있어도 그랬지만 밴드부장이 없는 날이면 영락없이 매타작을 시작하곤 했다. ―마치 누구를 때리기 위해 이 학교에 다니는 것처럼―

"오늘은 이 선배가 가볍게 너희들을 사랑해 주겠다. 1학년은 빳다 50대 2학년은 30대."

우리는 그만 그 말에 질려 오늘은 아무리 맞아도 비명조차 나오지 않을 것 같았다.

"야 삐딱아. 네가 나와서 2학년 조져."

그는 혼자 힘에 부쳤는지 3학년 트럼펫 주자인 삐딱이 ─별명 그대로 항상 전후좌우로 흔들거림─ 박형윤을 불러냈다.

"좋지"

삐딱이가 어느새 굵은 미루나무 몽둥이를 들고 앞으로 걸어 나왔다. 세기조차 신경질 나는 매타작이 시작 되었다.

우리 앞줄의 색소폰 파트까지 맞는 사이 길게 느껴지기만 하는 고통의 시간을 가져야 했고 옆에 있는 훈철이는 나보다 몸을 더 바들바들 떨었다.

내가 바로 나가기 직전 옆에서 앉아 있던 종걸이 형이 벌떡 일어서며 소리쳤다.

"야, 클라파트는 악실로 들어와."

"야, 종걸아 왜 그래."

헐크가 매를 멈추고 불만에 가득 찬 목소리로 말했다.

"클라파트는 내가 때린다."

"너 왜 그래."

"왜 그러긴. 내가 클라 파트장이니까 우리 파트는 내가 때린다는 데."

평소에 얌전한 종걸이 형이 불쾌하게 언성을 높이자 헐크도 신경질적으로 돌아서며 더 이상 이야기 하지 않았다.

우리 클라파트는 악기실로 들어가 작은 드럼채로 종아리를 오십대씩 맞았지만 전혀 아프게 느껴지지 않고 종걸이 형이 무척이나 고맙게 느껴졌다.

다음 주 월요일 교련 조회를 준비하기 위해 행진대열로 서 있는데 뒤에서 헐크 목소리가 들렸다.

"클라파트 요 쌍놈의 새끼들 한번 나에게 걸려봐라 반은 죽여 놓을 테니까."

전번주에 자기에게 맞지 않은 분풀이가 분명했다.

그 말은 나도 들었고 훈철이도 들었다.

우리는 그 말을 듣지 마자 정신이 반쯤 나간 느낌이 들며 그 날 조회 시간을 어떻게 마쳤는지도 몰랐다.

그 시간 이후의 시간은 마치 시한폭탄을 안고 살아가는 기분이었다. 다음날 공교롭게도 훈철이가 몸이 아파 병원에 가고—나중에 안 일이지만 일부러 그랬다—2, 3학년 선배들은 아직 수업 시간이 끝나지 않아 혼자 소나무 밑에 앉아 요즘 시작한 "베사메 무쵸"를 연습하고 있는데 헐크가 수업을 농땡이 쳐 나왔는지 저만치에서 서서히 다가왔다.

마치 꿈속에서처럼 도망을 가고 싶어도 발이 얼어붙어 버린 것만 같았다.

그가 가까이 오자 "단결"을 힘차게 붙였다.

"좋아" 하지만 그의 얼굴은 더욱 살벌해 보이는 것 같았다.

"연습 잘 돼 임아 옛"

"내가 잠깐 테스트를 해 보겠다. 트럼본 파트인 내가 테스트 한다고 기분 나빠."

"아닙니다. 해보겠습니다."

"너 밴드부에 들어온 지 얼마나 됐지?"

"석 달째입니다."

"그럼 기본 음정부터 잡는다."

"도, 레, 미, 파, 솔, 라, 시, 도, 레, 미, ……."

떨리는 손과 입술로 음정을 잡았다.

"높은 음이 보편적으로 낮아 보이지만 좋다. 다음은 아메리칸 페트로 준비."

아메리칸 페트로는 내가 연습을 여러 번 했기 때문에 그런대로 넘어갔다.

"좋다, 다음에는 아의 조국 시작."

"아의 조국 악보는 어제 받았는데요."

"이 새끼 말이 많다. 시작."

백두산의 푸른 정기 이 땅을 수호하고
한라산의 높은 기상 이 겨레 …….

"그만, 음이 끌리고 도저히 못 봐 주겠다. 먼저 가 있을 테니 악기실로."

"옛" 아이고 오늘 이제 죽었구나.

그러나 빠른 동작으로 악기를 밴드실에 놓고 밴드실 뒤켠에 있는 악기실의 베니어 문을 열었다.

다른 부원들의 동정스러운 눈길들이 내 뒤로 끌려왔다.

"어 이 새끼 전번에는 여기가 지상 낙원 이었지, 뭐 작은 드럼스틱으로 종아리를 맞어."

엉거주춤 서 있는 내 가슴위로 그의 주먹이 날아들었다.

억 소리를 내며 몸이 쓰러지며 칸막이한 베니어 판을 출렁이게 했다.

"똑바로 서. 이 새끼야."

겨우 일어선 나의 얼굴로 주먹이 날아들었다. 입 속으로 찝찔한 것이 고여 왔다. 몸을 바로 잡은 나에게 고다음 매를 기다리는 나의 기대를 깨고 그가 갑자기 물음을 던졌다.

"어, 집이 어디야?"

"요 학교 아래 대풍린데요."

"거기가 원래 고향이야 임마."

"아닌데요."

"그럼, 고향은 어딘데?"

"횡성 달천인데요."

"그래."

갑자기 그의 목소리가 부드러워졌다.

"거기서 언제 이사왔냐?"

"초등학교 2학년 때입니다."

"지금도 고향에 자주 가나?"

"자주는 못가고 일 년에 한두 번갑니다."

"그럼 너 그 동네 신동영이라고 지금 놓고 다니는 애 아냐?"

"예."

"임마 네가 어떻게 알아. 너보다 나이가 많잖아."

"사실은 제 집안에서 제 조카뻘 되는데요."

"그래 내 친한 친구다. 그리고 내 고향도 그쪽 동네 일천이다."

그가 잠시 침묵하더니 얼굴답지 않게 부드러운 소리로 말했다.

"때려서 미안하다. 내 앞으로 너만은 확실하게 봐 준다. 남들에게 이야기 하지 말아라."

그 후로는 헐크 때문에 밴드부 생활이 한결 즐거워 졌다.

헐크와 함께 잘 때리기로 유명한 삐딱이 한테도 이야기를 했는지 그도 나를 때리지 않았고 단체로 때릴 일이 있으면 담배 ─그는 담배를 피웠다─ 심부름을 시키거나 하숙집에 가서 책 따위를 갖고 오라고 시키고 매 타작을 시작했다.

그와 친해져 하숙집에도 자주 놀러 갔고 더러는 소주도 같이 했다.

"형, 애들 좀 때리지 말아요."

"너는 안 때리잖아."

"형이 나만 안 때리니까 다른 애들 눈치도 보이고 하여간 때리지 좀 말아요. 다른 애들이 형하고 삐딱이 형만 보이면 연습이 안된데요."

"어떤 새끼가 그래?"

"하여간 때리지 좀 말아요."

"나도 그러고 싶어."

헐크의 매는 다분히 복수감이었다.

밴드부 3학년 중에서 헐크와 삐딱이가 음악성이 부족해서 1, 2학년 때 선배들한테 무척이나 맞았다는 것이다.

그 이후로 좀 뜸해지긴 했지만 그의 매질은 졸업할 때 까지 계속되었다. 6·25시내 행군을 앞두고 밴드부는 하루에 네시간 수업만 하고 집중 연습을 했다. 점심을 먹고 잠시 쉬는데 헐크가 다가 왔다.

"야, 너희 집에 혹시 농주 없냐?"

"있을 것 같아요."

"그럼 가자."

"형 연습해야 되잖아."

"괜찮아 내가 책임지면 되잖아. 걱정 말고 앞장서."

2학년 하나 까지 데리고 셋이서 우리 집에 왔는데 마침 어머니가 안 계셔서 술을 찾았으나 마침 거른 술은 없고 토방에 술독만 있었다. 내가 직접 술을 걸러 기름이 동동 뜨는 농주를 풋고추와 함께 한 대접씩 먹이고 나도 먹었다.

그런데 술에 물을 타서 먹어야 되는데 진한 농주를 그대로 원액으로 한 대접씩 마시고 마루에 그대로 떨어져 버렸다.

깨어보니 벌써 세시가 넘었다.

헐크는 괜찮겠지만 2학년과 나는 걱정이 태산 같았다.

학교에 가니 마침 흩어져서 개인 연습을 하고 있어서 슬쩍 훈철이에게 악기를 가져오게 해서 연습을 하는 척 했다.

"야 술꾼 너 한번만 더 그러면 용서하지 않을거야."

종걸이 형이 부드러운 소리로 말했다.

개인 연습이 끝나고 행진 연습을 하는데 아무래도 다리가 휘청거려 줄이 제대로 맞지 않았다.

"거기 자꾸 틀리는 두 새끼 나와."

밴드부장이 소리쳤다.

아까 술을 같이 먹은 나와 2학년이었다. 그러나 헐크가 미리 이야기를 했는지 "보기 싫어. 이 새끼들아. 개울가에 가서 네 새끼들 악기나 닦아 가지고 와."

여름 방학 때는 일주일만 쉬고 계속 나와 연습을 했는데 그 중에 1박 2일로 간현에 캠핑을 갔다.

"여기서는 선후배도 없다. 자유롭게 놀아라. 후회 없이."

밴드부장이 도착 제일로 말했다.

우리는 낮에는 수영을 하고 밤에는 노래도 부르고 술도 마음 놓고 마셨다.

　귀에 익은 유행가 외에
　넝넝너구리 알붕지자는
　넘버가 없어도 흘러흘러
　이것을 보고 있던 새끼 너구리
　배때기 째져라고 웃어댄다아 아 아

익살스런 노래도 불렀고

　이제 가면 군발이다.
　이구X팔 논산 땅이다
　정든 마누라 집에 두고
　군대는 X빨러 가냐
　외기러기 외기러기 영자씨
　군대갔다 올때 까지 시집가지 마세요

라고 서투른 사이비 군가를 부르기로 했다.

저녁때 귀한 손님 하나가 왔다.

밴드부장의 애인이 이 먼 곳 까지 면회를 왔다.

그녀는 나와 같은 학년인 한철이의 누나였는데 바로 그 녀석이 소개시켜 준 것이다.

밤은 깊어 가고 우리는 적당히 술에 취해 선배들의 말대로 군기가

188 · 지구 끝에서

많이 빠진 채 흐느적거렸다.

그때 칸데라 불 빛 밑에서 소주를 한잔 더 먹고 있는 우리 1학년에게
는 2학년 선배하나가 술에 취해 다가왔다.

"너" 트럼펫 부는 윤범이를 가르켰다.

"예" 약간 코고부랑 소리로 대답했다.

"너 요즘 탤런트 중에 누가 가장 예쁘냐?"

"그야 여고생 탤런트 박애리죠."

"그럼 너 지금 이 모래에다 박애리 나체 모습 좀 그려봐."

"형 내가 봤어요. 그리게."

"야 임마. 밖에 나왔다고 말 안듣냐."

"그게 아니라."

"그럼 빨리 그려. 밴드부장은 지금 텐트 안에서 불붙었는데."

윤범이가 모래위에 박애리의 나체 모습을 장난스럽게 그리기 시작할
때 갑자기 주위에 후레쉬 불빛이 번쩍거리고 웅성웅성 거렸다.

아까 초저녁에 근처 사과 과수원에서 풋사과를 서리해다 먹었는데 그
것이 들통이 난 모양인지 동네 청년들이 몽둥이며 삽자루를 들고 서 있
었다.

"이 수건 너희들것 맞지?"

누가 수건을 떨구고 온 모양이었다.

"아니요."

"아니긴 뭐가 아니야. 이 근처에 너희들 밖에 없는데."

"애들 애들 하지 마."

역시 헐크와 삐딱이가 앞장서고 있었다.

"뭐라고 임마."

"욕하지 말라니까."

헐크의 청 반바지 뒷주머니에는 아까 두부 썰던 창칼이 꽂혀 있었다.

우리는 텐트 속에서, 모래사장에서 우르르 몰려 나왔고 손에 들은 야전도끼며 텐트 스틱들이 어둠속에서, 작은 불빛이 반사되어 어른거렸다.

"하여간 조심해 임마. 이 동네도 사람 많이 사는 곳이다."

동네에서 나온 청년들은 우리들의 수적 우세에 눌려 슬금슬금 꼬리를 감추었다.

"야 우리가 이겼다."

하고 환성을 질렀다.

"야. 그래도 혹시 저 새끼들이 다시 떼로 몰려올지 모르니까 다섯 명씩 교대로 지켜."

헐크는 이런 명령을 내렸지만 그날 밤 누군가 작은 소리고 수군 거렸다.

"아침에 내가 청소하면서 보니까, 밴드부장 텐트 뒤에서 여자 피묻은 팬티가 버려져 있더라."

개학을 하자마자 밴드부장은 지도과로 끌려갔다.

여름 방학 동안 간현에 단체 캠핑 가서, 더구나 여자하고 같이 있었다는 사실 때문이었다.

밴드부장은 결국 무기정학을 맞고 아예 학교에 나오지도 않았다.

밴드부 지휘는 행진지휘자인 이병호가 했다.

교련 조회를 준비하려고 행진대열을 맞추고 있는데 헐크가 앞으로 나갔다.

"야 우리 의리 있는 밴드부가 부장도 없는데 조회는 무슨 얼어죽을 조회냐. 우리 다같이 의리에 살고 의리에 죽어야 하지 않냐? 더욱이 간현에는 우리 다같이 갔다왔잖아."

"그럼 어떻게 해"

이병호가 말했다.

"내가 시키는 대로 해."

조회 대열을 갖추고 위를 부르는 교련 선생의 목소리가 스피커를 타고 온 교정에 울려 퍼졌다.

"밴드부, 밴드부 빨리와."

"자, 행진 앞으로."

헐크였다.

운동장이 교사 보다 언덕 아래에 있기 때문에 우리는 경사진 길을 내려가야 조회 대열로 들어가는데 우리의 행진은 경사진 길을 지나쳐 도열해 있는 학생들을 내려다보며 언덕윗길을 걸었다.

"자, 지금부터 밴드부가 시작."

역시 헐크였다.

우리는 일제히 악기를 내리고 합창을 하기 시작했다.

　　"퐁당퐁당 돌을 던지자
　　　　누나 몰래 돌을 던지자"
　　"할렐루야 할렐루야
　　　　미나리 밭에 앉아서 X이나 빡빡 긁어라"

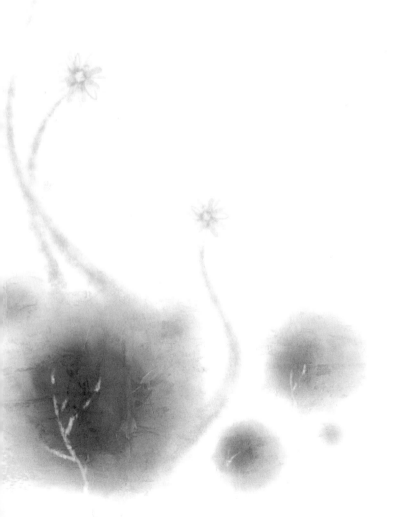

전기가설

전기가설

원숙해져가는 가을의 맑은 햇살이 약간은 서늘해진 바람결과 함께 옷 깃으로 스며들어 왔다. 아침을 마친 김영감 내외는 늦건이한 고추를 널 기 위해 멍석을 안 마당에 폈다.

"아, 마침 집에 계시는구만."

막 두 번째 멍석을 펴고 자루 속의 고추를 쏟으며 할 때 씸뚱한 목소 리가 사립문께서 들렸다.

이곳 점서동 3통 전기유치 추진위원장인 조영출이었다.

"어서 오시유."

김영감이 고추가 반쯤 쏟아진 자루를 붙잡은 엉거주춤한 자세로 그를 맞았다.

"험—."

하늘을 보고 헛기침을 크게 한번 한 조영출은 대뜸 툇마루로 올라와 걸터앉으며 담배 한 개비를 빼 물었다. 쏟으려던 고추 자루를 그대로 놓은 채 김영감은 마치 죄라도 지은 사람처럼 몸을 사리며 조영출 옆으 로 올라와 앉았다.

"글쎄, 길남이 할아버지도 좀 생각해 보쇼. 온 동네 사람들이 다들 합심해서 전기를 유치하겠다고 난리들인데 이 집만 안 달겠다니 그게 말이나 돼요."

조영출이 이마에 핏대를 세우며 윽박지르듯 말했다.

"글쎄, 내가 안 달고 싶어서 안 다나. 다 형편이 ……."

"아니, 그럼 순철네와 무용이네는 형편이 좋아서 그 오막살이에 전기를 다는 거요?"

조영출은 다 타들어간 담배를 뻑 소리가 나도록 빨았다.

"그래도 그 집들이야 오막살이 같다지만 내 집이잖아."

김노인은 맥없이 고추 자루 위에 살짝 내려앉은 고추잠자리를 멍하니 내려다보았다.

점서동 3통에 전기 유치 사업이 본격적으로 추진 된 것은 지난 여름 부터였다.

작년 여름에 군에서 시로 편입이 되었지만, 행정구역상 명칭이 바뀌었을 분 점서동이 변한 것은 아무 것도 없었다. 비록 시민이 되었지만 촌 생활이 첩첩히 배어있는 주민들은 시로 되었다는 것에 큰 관심도 없었고, 사용해 보지 않은 전기에 대한 불편함은 더욱 몰랐다.

그런데 이웃 점서동 1통과 2통에 지난 봄 전기가 들어왔다. 그곳 주민들이 돈을 거두어 자력으로 전기를 유치한 것이다.

윗동네 건너 동네에 전기 불빛이 반짝거리자 점서동 주민도 시샘 반으로 전기 유치를 위한 움직임들이 일어났다.

급한 농사일을 끝낸 초여름에 마을 회관 앞에서 회의가 이루어졌다. 횃불 아래 백여 명의 주민들을 모아놓고 전에 새마을 지도자였던 조영출이 열변을 토했다.

"점서동 3통 주민 여러분! 에, 우리 동이 지난 해에 시로 편입이 되어 우리는 어엿한 시민이 되었습니다. 사람이야 같은 사람이지만 어디 군민하고 시민하고 같을 수가 있겠습니까? 에, 시민이라 함은 많은 면에서 변모를 해야 하겠지만 우선 문화 생활을 해야 하는 것입니다. 문화 생활이라 하는 것은……."

"거 뭐시기 시내에 있는 문화 극장 같은데 가면 되는 것인가?"

박영감이 조영출의 말을 가르며 끼어드는 바람에 여기저기서 헛웃음 소리가 들렸다.

"거 좀 가만히 계세요. 설명해 드릴테니까. 에, 문화 생활하는 방법은 여러 가지가 있겠습니다만 그러기 위해서는 우선 전기가 필요하다는 것입니다. 에, 전기가 들어오면 시내 극장에 가야만 볼 수 있던 영화도 집 안방에 앉아서 볼 수도 있고, 여름이면 시원한 음식도 먹을 수 있고, 손 아프게 부채질을 해대지 않아도 되고, 밤도 대낮같이 훤하게 밝아지는데 이것이 바로 문화생활이 아니고 무엇이겠습니까? 또한 아침에 일어나면 고양이 콧구멍 같지 않아도 되고, 어두침침한 등잔불 밑에서 애새끼만 만들지 말고 뭔가 생산적인 일을……."

"아니 그럼, 전깃불 밑에서는 애를 못 만드는가?"

또 박영감이 끼어든 바람에 사람들을 킥킥거리게 만들었다.
조영출은 약간 신경질적인 눈으로 박영감을 흘겨보며 말을 이었다.

"에, 하여간 전기가 들어오면 여러 가지로……. 참 가장 좋은 것은 애들이 공부를 잘 한다는 사실입니다. 등잔불 밑에서 공부하던 애들이 환한 전깃불 밑에서 공부하면 얼마나 성적이 올라가겠습니까? 도시 아이들이 보편적으로 공부를 잘 하는 것이 머리가 좋아서 잘 하는 게 아니라 밤에도 낮같이 열심히 공부하기 때문입니다."

"조 지도자 애길 들어보니까 전기가 참 여러 가지로 좋구먼."
조영출의 당숙뻘 되는 조영감이 말을 거들었다.

"그러믄요, 좋구 말구요. 더욱이 이웃인 1통과 2통에 전기가 들어왔는데 우리가 그 사람들 보다 못한 게 뭐가 있습니까?"

여기전기서 수군거리며 웅성거렸다.

"자, 우리도 합심해서 전기를 가설합시다."

통장인 강씨가 소리치는 바람에 사람들이 다소 조용해졌다.

"그럼 전기를 놓으려면 얼마나 들어야 하는가?"

누군가 물었다.

"글쎄요, 확실한 건 한국전력하고 타협해 봐야 알겠지만 1통 사람들 이야길 들어보니까 집집마다 쌀 다섯 가마니 값이면 될 겁니다."

"쌀 다섯 가마……."

여기저기서 입 벌리는 소리가 들려왔다.

"하여간 일은 추진해 봐야 정확한 부담액을 알 수가 있습니다."

"전기가 아무리 좋다지만 그렇게 많이 들어서야 어디 엄두를 내겠나."

"여태까지라고 그냥 잘 살았는데."

"이거 어디 땅 팔아서 전기 놓을 수도 없는 것이고."

"이 사람아 매일 죽는 소리는, 그래 모아 논 돈은 죽을 때 짊어지고 갈라나."

"내가 뭔 돈이 있어. 돈이야 자네가 있지."

그날 회의는 우왕좌왕하다가 결론 없이 끝이 나고 말았다.

몇 번의 회의를 더 거쳐 결국 전기를 유치하기로 결정이 되었고, 마침내 점서동 3통 전기유치 추진위원회가 구성이 되었다. 위원장은 여러모로 발이 넓은 조영출이 맡고, 부위원장은 통장인 강희섭이. 추진위원은 전에 통장을 했던 변섭기가 면서기 하다 그만 둔 이형도가, 감사는 동네 담배가게 석정식이 맡았다.

육십여 호의 동네 가운데 처음에는 이십여 호가 가입을 안 했지만 추진위원들이 열심히 설득을 하고, 주위의 눈총 때문에 김영감집과 순철이네, 무용이네를 빼고는 전부 가입을 했다.

소작농인 김영감네, 날품을 팔아 겨우 먹고 사는 순철네, 술 주정뱅이인 무용이네는 도저히 전기를 가설할 형편이 되지 못했다.

그러나 동네의 공동 가설 부담액을 조금이라도 줄여 보려는 주민들의 노골적인 적대감과 추진위원들의 집요한 공세로 김영감네를 제외한 나머지 두 집도 결국 전기를 가설하기로 했다.

다 쓰러져가는 집이었지만 그 집을 담보로 하고 추진위원장과 통장이 보증을 서서 농협에서 융자를 받기로 한 것이다.

하지만 김영감네는 농토도 소작일뿐더러 집도 땅 주인의 것이기 때문에 이러지도 못하고 저러지도 못할 형편이었다. 애당초 김영감도 전기가 들어오는 것을 내심 바라지 않은 바도 아니었다. 전기가설이 추진되자마자 서울에 있는 땅 주인을 찾아가 전기가설에 대해 이야기 했다. 먼 친척뻘 되는 땅 주인영감은 한 마디로 잘라 못을 박았다.

"촌에 전기는 무슨 전기야. 더욱이 돈을 그렇게 많이 쳐 들여가면서 ……."

"그래도 동네 사람들이 집집마다 전기를 가설한다기에 ……."

"난 그 당에서 전기 없이 육십여 년을 살아왔네."

"그래도 지금은 시대가 ……."

"하여간 난 그렇게 돈 쳐들여서 전기 못 달아주네. 정 놓고 싶으면 자네 돈 들여서 놓게."

김영감은 더 이상 말도 못하고 집으로 내려오고 말았다.

두 사람의 말이 끝나기를 기다리다 못해 김영감의 아내인 영홍댁이 혼자서 고추를 나머지 멍석에 펴 널기 시작했다.

"글쎄, 집주인이 못한다는데 낸들 어떡하나. 남의 집에 내가 가설할 수도 없는 것이고, 돈도 없지만."

"그래서 농협에서 융자를 해 준다고 그러잖아요."

"그게 거져 주는 돈인가 다 빚이지."

"그럼 길남이 할아버지 맘대로 하슈. 원 남의 동네에 와 붙어살면서 이렇게 협조를 안해 갖고서야 어디 얼마나 잘 사나 두고 봅시다."

조영출은 마루를 치며 일어나 뒤를 슬쩍 노려보며 사립문을 빠져나갔다.

"아니 저, 저놈이 ……."

김영감은 분한 마음으로 격해졌지만 좇아나가지는 않았다.

"나쁜 놈 같으니라구. 내가 객지에 나와 아무리 없이 살기로서니."

"없이 살면 다 그런게지. 이리와서 고추나 마주 널어요."

영홍댁이 맥없이 사립문께를 쳐다보는 김영감을 불렀다.

"할머니, 그 아저씨 갔어?"

안방문이 열리며 길남이가 뛰어 나왔다.

"아니 참. 너는 학교 안 가고 무얼하고 있는 거야. 지각하겠네."

"난 그 아저씨 싫어. 만날 할아버지하고 싸우고."

"싸우긴 뭘 싸워. 그냥 말한 거지."

"하여간 나 그 아저씨 싫어."

"어린 게 뭘 안다고."

영홍댁이 혼잣소리로 중얼거렸다.

"우리 집은 가난뱅이고 할아버지는 고집통이 영감이라고 애들이
막 놀려."

"누가 그래. 그놈들이 나쁜 놈이야."

"애들이 다 그런단 말이야."

"하여간 학교에 빨리 가. 오늘 아침에 애가 왜 이렇게 말이 많을
까."

"알았어. 할아버지, 할머니 학교에 다녀오겠습니다."

길남이가 맥없이 나가는 뒷모습을 바라보며 김영감은 또 하늘을 쳐다
보았다. 파란 하늘에 비행기가 그어 놓고 간 흰 선이 엷게 흩어지고 있
었다.

김영감이 옥수수대를 마저 베러 밭으로 나간 사이, 영홍댁은 어제 털
다 만 참깨 일을 마저 하려고 좀 큰 부지깽이를 찾아들고 바깥 마당으로
나갔다.

그때 전주를 싣고 온 대형 트럭이 마을로 들어서며 짧고 날카롭게
크락션을 울렸다. 참깨 털 자리를 깔던 영홍댁은 그 소리에 또 가슴이
철컥 내려앉으며 두근거렸다.

영홍댁은 길남이 아비인 철무를 자동차로 잃은 후로는 때때로 자동차
경적 소리만 들으면 가슴이 내려앉곤 했다.

철무는 제 형인 승무와는 달리 항상 착하고 온순했다.

철무는 겨우 중학교 밖에 마쳐주지 못했다.

어렵게라도 고등학교만은 마쳐주려고 했는데 없이 사는 부모가 안타

까웠는지 진학을 스스로 포기했다.

"형 하나 고등학교 보내는 것도 힘드시잖아요. 전 지금부터 취직을 해서 돈이나 벌께요."

중학교를 졸업한 철무는 담임선생이 소개해 준 시내 작은 서점에서 심부름을 했다. 한참 공부할 나이에 공부를 하지 못하고 있는 어린 게 안타까웠지만, 그저 성실하게 일을 하는 그가 대견스럽기만 했다. 시내 시오리길을 낡은 자전거를 타고 다니는 모습이 애련했고, 적은 월급을 꼬박꼬박 갔다 줄 때는 코 끝이 찡하기만 했다.

그렇게 2년을 살다 서울에서 일고 있는 공장 붐을 타고 느닷없이 서울로 가겠다고 했다. 공장에 다니며 기술을 배우겠다고 했다. 객지에 나가 고생할 생각을 하니 가슴이 아팠지만 굳이 말릴 수도 없었다. 처음에는 구로 공장에 있는 기계 공장에 다니더니 얼마 안 있어 중랑교 근처에 있는 자동차 정비공장으로 옮겼다.

적은 돈이었지만 다달이 집으로 부쳐 주었고, 명절 때는 그래도 건강한 모습으로 내려와 김영감 내외를 기쁘게 했다.

"그래 서울서 고생이 많지?"

"아니 고생은 뭐. 농사지으시는 아버지, 어머니가 고생이 많으시죠."

"이제 기술은 많이 배웠어?"

"그럼요. 나도 이제 우리 공장에서 일류 기술자인데요."

집에 내려와 방위 복무를 마치고 다시 올라간 그해 추석에 내려온 철무는 느닷없는 이야기로 김노인 내외를 어리둥절하게 만들었다.

"아버지, 나 장가 갈래요."

"장가?"

"예. 아직 형이 안 갔지만 제가 먼저 가면 안 될까요?"

"그래 색시가 있어?"

"예."

처음에는 그저 어리광으로 알았는데 철무의 얼굴은 제법 심각하게 눈빛이 잦아들었다.

"색시는 누군데?"

"예, 우리 공장 식당에서 일하는 아가씬데 아주 착해요."

안될 바도 아니었지만 김노인 내외의 얼굴에 수심이 서렸다.

"요즘 세상에 형 보다 먼저 갈 수야 있겠지만, 어디 형편이 ……."

"돈은 괜찮아요."

"그래도 당장 전세 얻을 돈이라도 있어야."

"돈은 제가 조금 모아 놓은 것도 있고, 영실이도 좀 모아 놓은 게 있대요."

"결혼식은 올려야 할텐데 ……."

"아버지, 어머니만 허락해 주시면 결혼식은 좀 천천히 올리기로 하고 우선 같이 ……."

"부모의 도리가 그게 아닌데 ……."

그해 늦은 가을 철무는 영실이라는 색시를 데리고 내려와 인사를 시켰다.

혈혈단신 고아라는 것이 김노인 내외의 마음을 몹시 걸리게 했지만 여자가 참하면서도 당차게 보여 그대로 저 하자는 대로 내버려 두었다.

그들은 서울 변두리에 작은 방을 얻어 어설픈 살림을 시작했다.

김노인이 강력히 만류해 집으로 돈을 부치지는 않았지만 워낙 없이 시작한 그들의 살림은 사는게 그게 그턱이었다. 그들이 살림을 시작한 지 두해 만에 길남이가 태어났다. 김노인 내외는 첫 손주를 본 기쁨은 이루 형언할 수가 없었다.

"에그, 지 에비 닮아 잘도 생겼지."

"이 할망구야, 내가 보기에는 지 에미를 더 많이 닮은 것 같아."

"아이 아버님두. 애기가 아빠를 더 많이 닮았지, 어디 저를……."

"아니다. 내가 보기에는 너를 더 닮은 것 같애."

하여간 김노인 내외는 철무네 가족들이 무척이나 대견스럽게 느껴 졌다.

"아니 이 할망구야, 깨는 안 털고 왜 멍하니 서 있는 게야."

옥수수대를 한짐 베어 지고 들어오며 김노인이 들어오며 소리치는 바 람에 영흥댁은 퍼뜩 제정신이 들었다.

트럭에서 내린 전주에 여러 사람이 달라붙어 앞집 정씨네 밭에 세우 느라고 법석거렸다.

"갑자기 철무 생각이 나서."

영흥댁의 눈에는 눈물이 그렁거렸다.

"에이 잔망스런 할망구 같으니라구. 이미 세상에 없는 자식생각은 해서 무얼 해. 나 시원한 냉수 한 대접만 갖다 줘."

김노인이 지게를 부리며 말했다.

영흥댁은 치마로 훔치며 부엌에 들어가 어제 먹다 남은 막걸리 한 대접을 들고 나왔다. 막걸리 대접을 받아 들은 김노인은 왠지 홀쩍 막걸 리를 마실 수가 없었다.

그 날은 하늘이 무너지고 억장이 한꺼번에 내려앉는 날이었다. 낯선 배달부가 전해 주는 전보를 받고 서울까지 올라가면서도 내내 믿기지가 않았었다.

"공장장님, 저 저녁먹고 올게요."

"그래, 요즘 일이 바빠서 안 됐구만. 집에 가서 먹고 오나?"

"예."

"그럼 저 김사장 차를 몰고 갔다 오지."

"됐어요. 남의 차를……."

"다 고쳤으니까 시운전 겸해서 몰고 갔다 와."

철무는 내키지는 않았지만 김사장의 승용차를 몰고 집으로 왔다.

"당신이 차 몰고 왔어요? 야, 차 좋다. 우린 어느 천 년에 이런 차 몰고 다녀볼까?"

철무는 갑자기 아내가 측은한 생각이 들었다.

"자, 남의 차지만 한번 타 보지. 우리 의정부까지 드라이브하자구."

"정말 시간 있어요. 길남이가 금방 깰텐데."

"얼른 갔다 오지."

불암산을 끼고 돌아 의정부 가도로 들어섰다.

잠시나마 내 차 같은 기분으로 그들은 신나게 달렸다.

"여보, 이게 아주 우리 차라면 좋겠다."

"아, 살다보면 그럴 날이 있겠지."

순간 차가 휘청거리며 끝없는 세계로 짧은 순간 크게 나뒹굴었다. 차의 오른쪽 앞바퀴가 빠지며 가로수를 들이 받으며 길 아래로 굴러 떨어졌다.

　김노인은 머리가 깨지고 군데군데 살점이 튀어버린 아들 내외의 주검을 확인하는 순간 그 자리에서 까무러치고 말았다.

　겨우 정신을 수습하여 아들 내외를 화장시키고 파손된 차의 수리대금의 절반 밖에 되지 않는 전셋돈을 배어 겨우 사정을 해서 변상을 했다.

　이제 겨우 걸음마를 시작한 길남을 안고 내려오는 열차 안에서 김노인이 흘린 눈물은 길남을 안은 포대기를 적시고도 남았다.

　학교에서 돌아온 길남은 할머니를 보자마자 씨근거렸다.

　"할머니, 나 내일부터 학교 안 갈래."

　"아니, 왜 누가 또 놀렸어?"

　"응, 애들이 나 보고 애비 없는 후레자식이래."

　"네가 왜 아버지가 없어. 네 아버진 ……."

　"아니야. 할머니, 나도 다 안단 말이야. 아버지하고 엄만 교통사고로 죽었지."

　영흥댁의 눈에는 또 눈물이 핑그르 돌았다. 그러자 갑자기 길남은 초등학교 3학년답지 않게 의연하고 능청스럽게 말했다.

　"할머니, 울지마. 내가 잘못했어. 난 괜찮아. 할아버지, 할머니하고 오래오래 살거야."

　길남을 꼬옥 가슴에 안는 순간 또 전주를 싣고 왔는지 그놈의 트럭소리가 들려왔다.

　점서동 3통 전기유치 추진사업은 계획대로 착착 진행되어 갔다.

　서리가 내리고 겉땅이 얼 무렵 전주가 전부 세워지고 전선이 매어지고 변압기가 올려졌다. 이 해를 넘기지 않는 다는 추진위원회의 공언대로 집집마다 내선을 설치하느라고 야단이었고 어른 아이 할 것 없이 전기 들어올 날만을 손꼽아 기다리고 있었다.

조영출은 그간 몇 번 더 김영감을 찾아와 설치를 종용했고 동네 사람들은 자기들이 조금 더 부담하게 된 아쉬움으로 노골적으로 김영감을 조롱했다.

"에이, 고집탱이 영감 같으니라구."

조영출이 마지막으로 찾아왔다.

"아니, 뭐라구."

김영감도 언성을 높였다.

"그 나이 먹도록 돈도 못 벌어놓고……."

"아니, 이놈아 니 애비뻘 되는 사람한테 내가 돈 없다고 네놈 보고 돈 달라더냐."

"하여간 혼자 잘 살아보쇼."

"저런, 저런."

그 이후는 다시 조영출이 찾아오지는 않았지만 길거리에서 만나면 아예 외면을 했다. 점등일은 양력 섣달 그믐날로 잡았다.

동네 사람들은 점등을 자축하기 위한 잔치를 준비하느라고 부산하게 왔다 갔다 했다.

"오늘 여덟시에 점등식을 한다지요?"

"그런가봐."

"영감, 나가서 막걸리나 한잔 얻어 자시구 오시구랴. 그래도 동네 일인데."

"속없는 할망구 같으니라구."

"할아버지, 우리 집에 전기 안 들어와두 나 열심히 공부할거야."

나이 어린 길남이가 무척이나 대견스럽게 느껴졌다.

작은 나무 책상 위에 엎어져 어느새 잠이 들어버린 길남이를 바로 뉘었을 때 어디서 컹컹 개 짖는 소리가 들렸다.

영홍댁은 또 버릇처럼 중얼거렸다.

"영감, 혹시 우리 승무가 돌아오고 있는 것이 아닐까요?"

"또 쓸데없는 소리."

"에이, 몹쓸 자식 같으니라구. 어디서 죽었는지 살았는지."

"그놈 이야기는 꺼내지도 말아."

승수는 철무와는 달리 고집쟁이였고 이기주의자였다.

승무는 시골 고등학교였지만 공부를 썩 잘했다. 고등학교를 졸업할 무렵 그는 무조건 대학에 가겠다고 했다. 입학금만 대주면 제 힘으로 대학을 졸업하겠다고 했다.

농협에서 겨우 대부를 받아 준 입학금을 들고 서울에 있는 일류 대학에 입학을 했다. 서울에서 친구 하숙방에서 겨우 얻어먹기도 하고 조금씩 아르바이트를 하며 1학기는 겨우겨우 마쳤으나, 2학기는 등록금을 마련한 길이 없었다.

2학기는 휴학을 하고 일거리를 찾아 헤매다 고등학교 밴드부 선배인 드럼주자 종익이를 길거리에서 우연히 만났다.

"어, 너 승무구나. 일류 대학에 들어갔다더니 지금 학교 잘 다니니?"

"형, 나 휴학했어."

"왜?"

종익이는 학교 다닐 때부터 공부 잘 하는 승무를 아껴주기도 했지만 마음이 무척 따뜻한 사람이었다.

"야, 내가 지금 나이트클럽에서 드럼을 치고 있는데, 넌 색소폰을 불었으니까 야간 업소에 나가 볼래. 잘만 하면 학비와 생활비를 벌 수가 있어."

"그래, 형. 그렇게 하게 해줘."

승무는 종익이의 주선으로 나이트클럽에서 색소폰을 불었다.

고정 수입이랄 수는 없지만 돈이 조금씩 모이기 시작했고 복학을 해도 학비와 생활비 정도는 충분히 조달이 될 수 있을 것 같았다. 분위기에 쉽게 적응하는 성격 때문에 승무는 야간 분위기에 금방 익숙하게 되어갔고 어쩌면 그 생활 자체로 빨려 들어가는 것 같았다.

1년 정도 그런 생활을 하자 심한 두통과 불면증 때문에 도저히 공부를 할 수가 없어 복학을 하지 못했다. 승무는 밤거리의 싸구려 악사가 되어 나이트클럽을 전전했다.

신인으로 한참 명성을 드높이던 가수 김철훈이 승무를 무대 뒤 으슥한 데로 데리고 갔다.

"미스터 김, 꽤 피곤해 보이는데."

"예, 조금."

"항상 수고하는데 내가 다른 것 줄 것은 없고 이 담배 한 대만 피워 봐. 그러면 한결 힘이 날 거야."

하며 이파리로 말은 이상한 담배 한 대를 주며 철훈 자신도 불을 댕겼다.

"아니, 이거 대마초 아니에요?"

"임마, 대마초면 어때. 우리같이 이런 생활을 하는 사람은 이게 최고의 약이라구."

"난 싫어요."

"글쎄 한 모금만 물어봐. 그러면 피로가 싹 가실테니까."

몇 번이나 거듭된 그의 권유로 대마초를 피우기 시작했다.

대마초를 피우기만 하면 아픈 머리도 싹 가시도 연주를 하는 동안 몸이 날아갈 듯이 저절로 흥이 났다.

차츰 가수 김철훈이 오는 날이 기다려지고 나중에는 스스로 구해서 피웠다. 밴드 마스터 박씨 아저씨도 대마초를 피우는 중독자였다. 이 소문이 종익이 형 귀에까지 들어가 그에게 여러 차례 억수로 두들겨 맞았지만 대마초에서 입을 떼지 못했다.

그러다 가수 김철훈 일당과 함께 검거가 되었다.

김영감이 교도소로 면회 갔을 때 승무는 얼굴이 창백하고 눈빛은 불안으로 가득했다. 그 모습이 좀 안쓰러운 생각이 들었지만, 이미 방송을 통해 대마초가 어떤 것인지 어렴풋이 안 김노인은 철창 안으로 승무의 멱살을 겨들고 울부짖었다.

김철훈은 인기와 돈을 배경으로 금방 풀려났지만 승무는 꽤 오래 징역살이를 했다. 풀려난 후로도 그는 집으로 돌아오지 않았다.

승무는 옛날의 생활로 다시 돌아갔다. 두통과 불면증에 시달리다 못해 다시 마약을 찾았다. 이미 강력한 단속으로 대마초가 깊이 들어가 쉽게 그걸 구할 수가 없었다. 그래서 구하기 쉬운 주사약을 맞았다. 이것 역시 저번 것처럼 맞고나면 기분이 붕 뜨고 자기도 모르는 황홀경 속으로 빠져 들어가곤 했다.

김노인이 다시 교도소에서 승무를 만났을 때 그는 전 보다 더 얼굴이 여위고 몸이 야위었고 얼굴 근육까지 부르르 떨리는 것 같았다.

출감일 며칠 전부터 교도소 앞에서 기다려 거의 억지로 승무를 집으로 데리고 내려왔다. 며칠을 맥없이 정신 나간 사람처럼 멍하니 지내던 승무는 밤에 집을 도망쳐 나갔다. 그래도 나간 후로 1년에 한 번 정도는 떨리는 필체로나마 소식을 전하여 오더니 몇 년 전부터는 그것마저 아예 끊겨 버렸다.

"영감, 승무는 아마 어디서 죽은 것 같아요? 그렇지 않고서야 이렇게 소식이 없을 수가."

"글쎄, 그놈 이야기는 꺼내지도 말라니까."

"에그 우리가 자식 복이 없기도 하지 어떻게 알토란같은 아들 둘이 다."

영홍댁의 눈이 가물가물 거렸다.

"애당초 없었거니 하면 되는 거지."

하는 김노인의 눈매도 젖어갔다.

점등식 시간이 점점 가까워지고 동네 아이 어른 할 것 없이 연실 매달린 빈 전구를 바라보았다.

"다른 집엔 다 전기가 들어와서 환하고 우리집만 안 들어오면 어린 것이 얼마나 애가 달을까?"

길남이가 차 버린 이불을 다시 덮어주며 영홍댁이 혼자 중얼거렸다.

"자, 한국전력 지점장님과 점서동 동장님을 모시고 우리 점서동 3통 전기 점등식을 곧 거행하겠습니다."

추진위원장 조영출이 악쓰듯 지르는 소리가 어렴풋이 들리는 것 같았다.

"영감, 우리 사립문 바깥에서 무슨 소리가 들리는 것 같지 않아요?"

"소리는 무슨 소리가 들린다고 그래."

"……."

"저 봐요. 무슨 소리가."

“…….”

“밖에 누가 왔소?”

“…….”

“글쎄 누가 온 것 같기도 하고.”

영흥댁이 방문을 열고 마루께로 나갔다.

“아니 거 뉘요?”

사립문께서 시커먼 그림자가 어둠 속에서 점점 다가왔다.

“어어—머—니.”

“너, 너, 승무, 여보 승무가…….”

김노인이 후다닥 뛰어나왔다.

“승무야!”

“아아—버지.”

순간 초점 잃은 승무의 눈에선 겨울 밤 한기 서린 빛을 발했고, 번쩍 온 동네를 휘감아 싼 전등빛은 마치 바다 건너 먼데 불빛처럼 김노인의 눈에서 멀어져 갔다.

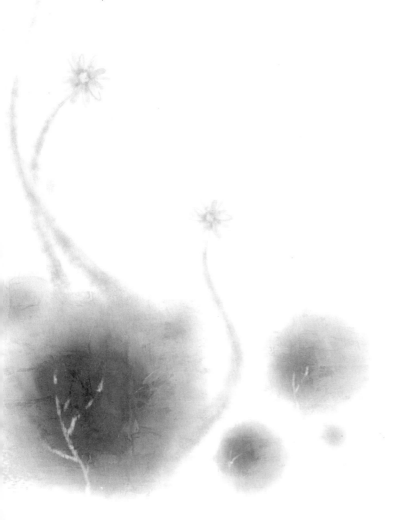

잃어버린 것

잃어버린 것

국내는 물론 전 인류의 기대를 한 몸에 모았던 신예 천재 식물유전학자 서주행 박사가 의문 속에 실종 된지도 벌써 한 달이 지나고 있었다.

여러 갈래의 무성한 추측 속에서 그를 열심히 추적하던 언론과 경찰은 아직까지 변변한 단서조차 발견하지 못했고, 가족과 경찰과 그가 소속되어 있던 미래식량연구소에서 억대 이상의 사상 최고 현상금을 내걸었지만 허위 제보만 속출하는 가운데, 그에 대한 기대와 미련은 연말의 들뜬 분위기 속으로 서서히 날려 보내며, 사람들의 관심 속에서 멀어져 갔다.

그가 미국에서 귀국했을 때 국내 일간지들은 연일 아낌없이 지면을 할애하여 찬사를 거듭했고, 월간지 특히 여성지들은 앞 다투어 그의 신상을 낱낱이 파헤쳐 화려하게 지면을 장식했다.

사람들은 곧 인류에게 식량 위기가 닥쳐올 지도 모른다는 불안 속에서, 그의 연구가 결과를 맺으면 지금보다 열배 이상의 식량 자원이 생산될 수 있다는 희망을 걸었고, 실제 그의 연구가 거의 완료되어 가고 있다는 발표로 방앗간을 떠나기 직전의 떡처럼 구미를 당기어 가고 있었다.

그런데 마지막 연구에 박차를 가하던 그가 갑자기 실종되어 기대를 쉽사리 깨어 버릴 수 없는 사람들을 조바심 나게 했다. 그가 실종되기 직전까지 같이 있었던 약혼녀 윤희는 절망 속에서 11월 14일 토요일 오후 11시경 P호텔 나이트클럽을 나와 지하 주차장에서 각자의 차를 타고 헤어지는 상황 설명만을 반복했다.

그날 주행이 P호텔 지하 주차장에서 윤희의 차가 먼저 출입문을 빠져나가는 것을 확인하고 약간 어두침침한 주차장 속을 헤매다 원격장치로 시동을 걸어 놓은 귀에 익은 그의 소나타 엔진 소리를 들으며 막 운전석 문을 열려는 순간 뒷머리를 둔기로 강하게 얻어맞고 정신을 잃어 버렸다.

주행이 꺼져가려는 의식의 한 가닥이라도 붙잡으려고 애쓰는 사이 입에 재갈이 물려지고 손과 발이 묶인 채 바로 그의 차 트렁크 속으로 던져졌다. 차는 이내 지하주차장을 빠져나와 차량이 좀 뜸해진 깊은 밤거리를 질주했다. 잔뜩 메어 있는 곰팡이 냄새와 춥고 음습한 기운이 쉽게 지하실임을 느끼게 했다. 추위로 몸이 부르르 떨리며 설핏 눈이 떠졌다. 그러나 이미 주행의 눈은 가려져 아무것도 보이지 않았다.

모로 뉘어져 눌려 거의 마비가 되어 있던 팔의 통증이 느껴져 몸을 일으켜 세우려 했으나 오히려 한 바퀴 뒹그르 구르며 몸을 일으켜 세우려 시도 했으나 번번이 무위로 끝나고 말았다.

더 이상의 몸부림을 포기하고 그래도 바닥에서 느껴지는 넝마자락의 포근함을 찾아 기어가 엎드렸다. 퀴퀴한 냄새는 지독했지만 콘크리트의 냉기를 조금은 차단해 주어 한기가 덜해 오는 것 같았다. 그런데 그때 무언가 뭉클한 것이 그의 손목을 잡는 것 같아 등골이 오싹해져 왔다. 주위에서 그제서야 다른 동물이 있다는 느낌이 들었다. 웅웅하는 작은 신음소리 같은 것이 들렸다. 그것은 분명 동물의 소리 같았는데 가만히 귀를 기울이고 들어 보니 분명 식별할 수는 없지만 사람의 소리였다. 그러나 그 소리는 정상적인 소리가 아니라 죽음 직전의 중병을 앓는 사람의 소리였다. 갑자기 그 소리들이 일시에 증폭이 되어 거대한 굉음이 되어 주행의 주위를 맴도는 것 같았다. 지옥의 소리처럼 들려오는 소리의 공포에서 벗어나려고 귀를 막으려 했으나 뒤로 꽁꽁 묶인 그의 손은 아무리 몸부림쳐도 움직여 주지 않았다. 그 소리들에서 벗어나기 위해 마구 몸을 움직였으나 그를 묶어 버린 나일론 줄은 그를 옥죄어 왔고 얼굴이 따끔거리며 입속으로 찝찔한 것이 흘러들어 왔다.

악몽에서 깨어나기 위해 제 의식을 찾으려고 했으나 지금은 분명 꿈이 아니라 의식 있는 생의 한 순간임이 분명하게 느껴졌다.

"하느님 제발 살려 주세요."

고등학교 때 채플시간에 몇 번 불러 보고 그 이후 한 번도 교회에 나가지 않은 주행의 의식 속에 하느님이 떠오르고 거침없이 입에서 진한 애원이 실려 나왔다.

초등학교에 다닐 때 응접실에 진열하여 놓았던 아버지가 가장 아끼는 청자를 마침 한구석에 세워 놓았던 골프채를 휘둘러 단번에 깨어 버렸다. 잠시 후 아버지의 성난 얼굴이 떠올라 숨을 곳을 찾아 헤매다 지하의 보일러실에 숨었다.

저녁때가 되어 어머니가 찾는 소리가 들렸지만 못들은 채 하고 마침 피워 놓은 연탄보일러의 따뜻한 부분을 의지하고 웅크리고 있다가 그만 잠이 들어 버렸다. 조금씩 새어나온 연탄가스에 질식되어 죽기 일보 직전에 온 식구가 동원된 수색 끝에 아버지에게 구출되어 겨우 살아남게 되었다.

"아버지"

입속에서 이미 칠순이 훨씬 넘어 늙고 힘없는 아버지를 부르며, 당장이라도 그가 나타나 구출해 주기 바라는 마음이 간절했다.

다시 주위에서 들리는 알 수 없는 동물들의 신음소리가 마음에 광란의 공포를 가져다주었다. 오싹오싹한 무서운 추위를 느끼는 몸과 마음에 어디선가 새벽임을 아리는 한줄기 바람이 불어와 감싸고 돌았다.

얼마쯤 시간이 지나자 추위와 공포에 익숙해지며 지금의 상황을 파악해 보려고 했으나 어젯밤 늦게까지 윤희와 같이 나이트클럽에서 춤추고 헤어져 주차장에서 둔기에 맞았고, 현재는 납치되어 왔다는 것뿐, 어떤 목적으로, 누구에 의해 지금의 상황이 전개되고 있는지 추리되지 않았다.

천으로 힘껏 가린 눈을 크게 뜨자 차차 어스므레한 빛이 스미어 들어와 아침이 다가옴을 느끼게 했다.

그때 건강한 사람들의 발자국 소리가 귀를 바싹 갔다 댄 콘크리트의 진동 속에서 점점 가까이 다가옴이 느껴졌다. 그 발자국 소리가 점점 가까워질수록 반가운 생각이 들어 조바심이 났다. 이윽고 철문을 잠근 고리쇠가 덜커덕 거리는 소리가 들리더니 녹이 잔뜩 슬어 버린 듯한 철문의 육중한 소리를 내며 열렸다.

어지럽던 몇 개의 발자국 소리가 멈춰졌다.

"야, 임마. 물건 개수 맞나 세어 봐."

"예."

대답에 이어 한 사람이 걸어다니며 세는 소리가 들렸다.

듣기에 좋은 말씨는 아니었지만 마치 사람 소리는 일년만에 들은 듯 반가웠고. 일순 여기가 창고 속이구나 생각이 들었으나 곧 그의 기대는 산산이 깨어졌다.

"형님, 다 맞는데요."

"그럼 이 병신 새끼들이 어쩔 수 있어."

이어 마구 발길질 하는 소리가 들리고, 그 발길에 채이는 가여운 동물의 신음 소리가 핏빛이 되어 번져 나왔다.

"야, 빨리 이 새끼들한테 아침 멕이고 봉고차에 실어. 밥값 하러 나가야지."

그때 주행은 옆구리를 센 발길에 얻어맞고 몸이 한바퀴 나뒹굴었다. 정신이 아찔해지며 갈비뼈가 두어 개 정도는 부러진 듯한 심한 통증으로 숨이 헉헉 막혔다.

"형님, 이 새 물건은 어떻게 할까요?"

"일단 그냥 놔둬, 이따가 이 새끼들 실어다 놓고 들어와 처리 해."

"이 새끼 밥은 어떻게 할까요?"

"그냥 내버려둬, 이 새끼는 배때기에 기름기가 껴서 일주일을 굶겨도 죽지 않을거야."

주위에서 소리가 나며 마치 개나 고양이가 핥아 먹는 것처럼 그릇이 덜그럭거리는 소리가 들렸다.

주행은 여기저기서 느껴지는 극심한 통증 속에도 무엇을 먹고 싶다는 생각이 간절해져 왔다. 그는 항시 아침에 스스로 개발한 소량의 패스트 푸드를 먹었다. 오랜 미국 생활로 인한 습관이기도 했지만, 인간이 가장 간편하면서도 생활하기에 충분한 열량을 공급해 주는 칼로리가 충분히 들어 있는 것이었다.

풍족한 집안에서 모든 것에 여유가 있었고, 특히 살기보다는 즐기기 위해서 먹고 자랐지만 고등학교 때 방글라데시에서 기아 사태가 발생하여 수많은 사람들이 극심한 기아 속에서 굶어 죽는 것을 보고 사람들에게 풍족한 식량을 제공하여 줄 수 있는 작물을 개발하기 위해 유전 공학을 선택했다.

"야 이 새끼들아. 그만 쳐 먹어."

한 사람이 이리저리 뛰어 다니며 발길질을 하는 바람에 여기저기서 그릇이 엎어지고 사람들이 나뒹구는 아우성이 일었다.

사람들이 끌려 나가고 들려나가자 철문이 닫히고 차가 출발하는 소리가 아득한 저편의 소리처럼 들렸다.

주위가 다시 고요해지고 이따금씩 밖에서 차가 지나가고 시끄러운 사람들의 소리가 들리곤 했다.

극심한 통증을 겨우 가누고 있을 때 덜크덩 철문이 열리고 사람들이 들어오는 소리에 깜짝 놀라 의식은 깼었지만 몸은 저절로 움츠러들었다.

"이 새끼 죽은게 아닐까요?"

"죽긴 왜 죽냐? 재수 없게. 우리가 송장치우는 사람이냐."

한 사람이 가까이 오더니 눈을 가렸던 천을 풀었다. 갑자기 눈을 뜨자 창을 타고 들어온 강한 햇살에 눈이 시금거리며 다시 감겨져 사물 식별이 잘 안되었다.

"야 팔, 다리 다 풀어."

"입은요?"

"그건 그냥 놔둬. 소리 지르면 시끄럽잖아."

팔과 다리를 묶었던 끈이 풀려졌으나 마비가 되어 쉽게 원상태로 돌아오지 않았다. 눈이 사위에 익숙해지자 사람들의 모습이 확연하게 나타났다. 세 사람이었다. 그 순간 열려있는 철문이 눈으로 들어오며 사라야 한다는 생각으로 바로 앞에 서 있던 사람을 밀리고 힘껏 그쪽으로 뛰려 하였으나 마비되었던 발이 쉽게 말을 들어 주지 않았고, 옆에 서 있던 사람에게 걸어 채여 다시 그 자리에 고꾸라졌다.

"어, 이 새끼봐라. 좀 곱게 다뤄주려 했더니."

"야, 빨리 문닫고 조져"

철문이 닫히고 안에서 거는 절망의 소리와 함께 마구 발길질과 주먹질이 들어 왔다. 그 짓은 멈췄지만 옷은 배설물로 젖어 있었고, 눈을 뜰 수도 아무 생각도 할 수 없었다.

십자가 같은 것에 손과 발이 묶이자 팔뚝에 주사 바늘이 찔려졌다.

직감적으로 마취제라고 느껴지자 오히려 잠시 근육이 부르르 떨리다가 할머니의 자장가 소리를 들으며 잠들 때처럼 스르르 눈이 감겨갔다.

"이 새끼도 인제 세상 구경 다 했군."

마치 이 말이 저승사자의 소리처럼 들렸다.

낮인지 밤인지 구분도 안되는 캄캄한 곳에서 의식이 들어왔을 때 몸 어느 곳도 성한 데가 없었지만 붕대를 감은 두 눈에서 흘러내리는 진한 액체가 입속으로 가득 담겼지만 머리가 깨질 것 같은 고통이 눈에서부터 시작되고 있음이 느껴졌다.

윤희를 만난 것은 미션 계통의 남녀 공학 고등학교를 다닐 때 채플시간이었다. 학교 교회에서 예배를 보던 중 남들이 열심히 기도하고 있을 때 눈이 뜨여져 고개를 돌렸는데 저 쪽 의자에 앉아 역시 눈을 뜨고 고개를 든 윤희와 눈이 마주쳐 둘은 멋쩍게 피 웃었다. 그때 윤희의 눈이 무척 매력적으로 느껴졌고, 우연을 가장한 필연으로 인연을 만들어 나갔다.

"그때 주행씨 눈이 그렇게 맑고 좋을 수가 없었어요."

윤희도 역시 주행의 눈에 매료되었고, 이후 서로의 눈빛을 가꾸어 나갔다.

주행은 지금도 한결같은 윤희의 아름다운 눈빛이 보고 싶다는 생각이 들어 눈을 한껏 뜨려 했으나 그것은 이미 의식의 저편에 있었다. 눈에 통증이 더해옴에 따라 불길한 예감이 들어 눈을 더듬어 보려는 손은 나무에 꽁꽁 묶인 채 움직여 주지 않았다.

"야 이 새끼들아, 내 눈 내놔."

한껏 소리쳤으나 재갈 물린 입은 꼼짝도 하지 않았다.

주위에서 신음소리가 들리는 것을 보니 아까 끌려 나갔던 사람들이 돌아 온 것 같았다. 주행은 가물거리는 의식 속에서 무엇이라도 잡고 싶다는 생각에 몸부림쳤지만 아무것도 할 수 없었다.

"야, 이 새끼 아가리를 꼭 잡아. 괜히 물릴라."

입에 재갈이 풀리고 두 사람이 주행의 턱과 볼을 움켜잡아 벌리고 혀에 주사침을 꽂았다. 그 순간 혀가 바르르 떨리며 따끔거리더니 이내 축 늘어졌다. 무슨 말이든지 하려고 아무리 혀를 움직이려 해도 그것은 요동조차하지 않았다. 주행은 고개를 떨구며 가슴 저 깊은 곳으로부터 나오는 소리를 뱉었다.

"악마들."

"야 인제 뭘 좀 먹여라. 아주 죽어 버릴라."

입이 벌려지고 아무런 맛도 느끼지 못하는 밋밋한 액체가 몇 숟가락 들어 왔으나 목으로 넘기지 못하고 입술 주위로 그대로 흘러 내렸다.

그때 철문 두드리는 소리가 났다. 급하게 뛰어 들어온 사람이 신문을 펄럭 거리며 말했다.

"형님, 형님 큰일 났어요."

"야 왜 그렇게 난리냐? 짭새라도 떴냐?"

"그게 아니고……."

그는 아직도 숨을 헐떡이며 신문과 주행을 번갈아 보며 말했다.

"이 신문에 사진 좀 봐요, 이 사람이 맞지요."

"어디."

"이 사람이 바로 식량의 아버진가 뭔가 하는 서주행 박사래요."

그 사람은 약간 겁먹은 표정으로 주행을 툭툭 건드렸다.

"야 임마. 이제부터 이놈은 식량의 아버지가 아니라 우리들의 양식의 아버지다."

"그게 아니라 경찰이 지금 눈에 불을 켜고 찾고 있는데 영업하러 내 보냈다가 걸리기라도 하면……."

"걱정도 팔자다 임마. 이놈을 조금만 더 손을 보아 놓으면 누가 알 아보겠니?"

주행의 몸이 바르르 떨리며 핀셋으로 개구리 다리를 찌를 때처럼 전율이 일었다.

대학에 다닐 때에 바로 옆에 있던 화학과 교수의 연구실에서 폭발과 함께 불이 나서 사방이 불러 둘러싸인 연구실에 꼼짝없이 갇혀 버렸을 때 겁에 질려 아무런 행동도 하지 못한 채 소리만 질렀었다.

"살려주세요."

"아주 후환을 없애 버리죠?"

지금도 어떻게든 살아야 한다는 생각에 소리가 되어 입 밖으로 나오지도 못하는 것을 몸을 버둥거리며 애원했다.

"살려주세요. 살려주세요."

"야, 아까운 물건을 왜 버리냐."

"참, 이 놈 현상금이 1억 원이나 된대요."

"그래 너 신고해서 현상금 타라."

손과 발을 묶었던 줄이 풀렸다. 손으로 겨우 얼굴을 더듬었을 때 눈물조차 나오지 않은 눈이 움푹 패인 자국만을 남기고 있었다.

주행은 땅바닥에 무릎을 겨우 꿇고 그들의 자비에 호소하기 위하여 두 손을 열심히 빌다 더듬거리다 잡힌 바짓가랑이를 붙잡고 늘어졌다.

"이 새끼가 왜 이래 재수 없게."

발에 그대로 걷어 차여 뒤로 나뒹굴었다. 그러나 다시 일어나 방향

감각을 상실한 채 아무 쪽이나 보고 빌었다.

"저 새끼가 미쳤나?"

발로 연실 걷어 채여 나뒹굴다 일어나 빌다가 손으로 무었을 쓰고 싶다는 흉내를 열심히 냈다.

"야, 볼펜하고 종이 갔다 줘 봐라. 뭐라고 쓰나 보게."

주행은 그들이 마치 큰 은혜라도 베풀어 준 것 같은 기회를 놓칠세라 떨리는 손을 다른 손으로 받혀가며 열심히 썼다.

'살려주세요. 당신들이 원하는 돈은 얼마든지 드릴테니 제발 나를 집으로 돌려보내 주세요. 당신들을 신고하지도 않을 것이고…….'

여기까지 겨우 썼을 때 세찬 발길질에 다시 뒤로 나뒹굴었다.

"이 새끼 원맨쇼하냐, 병신주세에……."

"야, 지금 돈 갖고 와봐라."

"야, 이 물건이 아직도 글자를 쓰는 것 보니 안심을 못하겠다. 오른 손목을 분질러 버려."

한참을 두들겨 패더니 오른손을 몽둥이로 여러 차례 내려쳐서 짓이겨 버렸다. 비명을 지를 힘도 통증을 느낄 만한 의식도 살아있지 않았다.

어느 순간 의식이 깨어 왼손을 간신히 들어 얼굴을 만져보니 문둥병 자처럼 성한 데가 한군데도 없이 터지고 곪고 멍들어 있었다. 어떻게 해야 죽을 수 있을지 그 방법이 떠올라 주지 않았다.

"이 새 물건 이제 영업을 시킬까요?"

"아직은 일러 아직 걸을 수가 있잖아."

"그럼 며칠 있다가 좀 더 손을 보아 가지고 내 보내죠?"

그래도 허기진 창자의 부름으로 그들이 가져다주는 음식을 왼손으로 들고 개처럼 핥아 먹었다.

윤희의 입술은 라일락 같은 아름다움과 꿀과 같은 달콤함에 취하게 만들었다. 같이 미국 유학을 갔던 해 겨울 방학에 일리노이의 어느 호반 산장에서 처음으로 그녀의 입술을 훔쳤다. 서로가 강하게 원하는 마음으로 입술을 탐닉했고 그것은 행복한 미래를 예시하는 청신호라는 믿음을 더욱 굳게 다지게 했다.

양쪽 허벅지마저 몽둥이로 심하게 맞아 오른쪽은 뼈가 뒝글어 졌는지 살을 찌르는 아픔과 하께 발이 펴지지 않았고, 왼쪽은 아킬레스건이 끊어져 일어 설 수 없게 되어 버렸다.

주행이 다닌 국내 최고의 S대학교는 체육특기생을 특별히 전형하지 않고 순수한 아마추어 스포츠 정신에 의거 재학생 중에 선발했다. 그는 축구부에서 레프트윙으로서 맹활약을 했다. 전국 대학 연맹전에 나가면 항시 형편없는 성적을 기록했지만 최선을 다했다는 자부심 속에서 마음 가득 긍지를 가졌고, 항시 열심히 응원해 주는 윤희의 눈길 속에서 마냥 행복하기만 했었다.

"자, 오늘 드디어 박사 거지를 모시고 나가 볼까."

주행은 두 사람에게 들려 봉고차에 실려졌다. 봉고차 안에서 몇 대를 쥐어박은 후 그들이 말했다.

"너 영업을 하면서 손만 벌리고 있지 절대로 고개를 들지마. 우리가 가까이에서 지켜보고 있으니까 혹시 딴 짓하면 죽여 버릴 줄 알아."

바삐 걸어가는 사람들의 아우성과, 전동차 가는 소리가 간헐적으로 들리는 곳에 고무 판대기를 놓고 주행은 엎드려 손을 내밀었다.

"자 이건 밑천이다. 첫날이니 많이 벌어라."

동전 하나를 주행의 깡통에 떨어 뜨려 주고 그들은 다른 사람을 실어다 주기 위해 사라졌다.

오랜만에 많은 사람들이 잇는 곳에 나오니 마치 처음 느끼는 것처럼 신기하고 반가웠다. 그러나 죽음보다도 싫은 비참함으로 몸이 달달 떨렸다.

지나가는 사람들의 말소리를 들어 보니 청량리 지하철 역 입구 같았다. 집이 면목동에 있어서 버스를 타고 여기까지 나와 지하철로 갈아탔기 때문에 수백 번도 더 다닌 곳이다. 마음 한구석에는 혹시 아는 사람이 지나가다가 구출해 주기를 바람과 혹시 아는 사람을 만나면 어쩌나 하는 우려가 교차되었다.

얼마가 지난 후 누가 동전 하나를 깡통 속에 던져 넣어 주는 쨍그랑 소리에 퍼뜩 왠지 모르게 우스운 생각이 들어 입이 실룩거려졌다.

잔뜩 허기진 배를 움켜쥐고 있다가 그래도 벗어나고 싶다는 생각이 강하게 일기 시작했다. 몸을 움직여 보려고 했으나 도저히 마음은 따라 주지 않았고 그래서 유일하게 성한 왼손으로 피가 맺히도록 열심히 썼다.

"나는 서주행이다."

그때 구둣발이 그의 왼손을 지그시 짓이기며 밟으며 나직이 말했다.

"너 죽을래."

절망감으로 몸이 풀어지며 옆으로 쓰러졌다.

얼마인지는 모르지만 꽤 많은 자비가 그의 깡통을 통해 사내들에게 전해졌지만 낮의 일로 인해 저녁을 굶은 채 왼손이 구둣발로 짓이겨지고 코뼈가 부러지도록 두들겨 맞았다.

이제 서주행 박사 실종 사건은 언론에서 잊혀졌고, 경찰은 수사본부를 철수했다. 수백만 장이나 뿌려졌던 전단은 이미 어디에선가 없어져 버렸지만 윤희는 그를 포기하지 않고 있었다. 그들이 결혼하기로 했던 봄도 서서히 물러가고 있었고 윤희는 애타게 이곳저곳을 수소문하고 다녔지만 아무데서도 그의 행적을 발견할 수 없었다.

주행은 매를 맞지 않기 위해서 동전을 한 개라도 더 던져 받기 위해서 스스로 참 거지가 되어갔다.

소나기가 시원하게 쏟아지는 소리를 들으며 주행은 종각 지하철역 입구에 왼쪽 어깨의 맨살을 드러낸 채 엎드려 깡통에 동전 떨어지는 소리가 있기만을 기대했다. 그가 근무하던 미래식량연구소가 바로 이곳에서 100미터도 안되는 곳에 있다는 것도 이제는 느껴지지 않았다.

그때 주행에게서 유일하게 제 기능을 갖고 있는 청각 속으로 낯익은 하이힐 소리가 빨려 들어와 주행의 가슴을 두근거리게 했다. 규칙적으로 울리는 그 소리는 분명 윤희의 것이었다.

그 소리가 점점 가까워짐에 따라 더 큰 확신이 생겼으나 동행하는 남자의 구두 소리가 함께 들렸다.

그 소리들이 바로 앞까지 왔을 때 주행은 자신도 모르게 왈칵 몸이 앞으로 쏠리며 고꾸라졌다.

"어머나, 이 거지가 왜 이래."

분명 윤희 목소리였다.

"구걸하는 방법도 여러 가지군."

연구소에 같이 근무하던 친구 김돈재 박사였다.

"동전 있으면 하나 던져주고 가요."

돈재가 주머니를 훔추럭거리더니 동전 하나를 꺼내 깡통에 던졌다. 소리로 보아 500원자리가 분명했다.

막 가려던 그가 멈칫하더니 윤희를 향해 말했다.

"윤희씨. 이 거지 어깨에 점 좀 봐. 주행의 어깨에 있는 점하고 비슷하네."

"아이, 징그럽게 보긴 뭘 봐요. 그리고 이제 주행씨 이야기는 꺼내지도 말아요."

다시 팔짱을 낀 그들의 멀어져가는 발자국 소리를 들으며, 주행의 마음은 마지막 한가닥까지 서서히 녹아내렸다.

<跋文>

어지러움을 정화하는 진솔한 언어

김 선 영(시인)

　작가로부터 발문을 써 달라는 부탁을 받고 오랫동안 망설이지 않을
수 없었다. 문학의 길을 걷는 같은 문인이기는 하지만 그는 소설을 쓰고
나는 시와 시조를 쓰고 있는 처지에서 그의 작품에 대한 평을 쓴다는
것은 어불성설이기 때문이다. 그러나 내가 이글을 끝내 거절하지 못하
고 둔필을 든 것은 문학 이전에 류동희와 나는 인간적으로 많은 고락을
같이한 동반자적 사이요 한 때는 종교 활동도 같이하며 회지(會誌) 편집
도 여러 해 같이 한 그야말로 서로가 눈빛만 봐도 마음을 읽을 수 있을
정도로 친근한 사이이기에 몇 자 적어 보기로 했다.
　류동희는 그의 경력이 말해주듯 다양한 활동을 해 왔다. 공직에 있으
면서도 사회봉사활동과 신앙 활동을 적극적으로 해 왔으며 역사학을 전
공하면서도 문학에 대한 열정은 누구보다도 적극적이었다. 거기에다가
만학의 꿈을 불태워 문학박사 학위를 받았으며 대학교육과 진로관련 저
서를 두 권이나 낸 바 있다. 창작활동 또한 게으르지 않아 각종 문예지
와 동인지에 글을 발표했기에 웬만한 독자라면 그의 이름을 기억하고
있을 것이다. 이번에 내는 작품집도 그간 꾸준한 창작의 결과물이라 생
각되며 등단한 지 10년이 지나서야 첫 창작집을 세상에 내놓는다는 것

도 그가 끊임없이 내면 완성을 추구해 왔기 때문이라 생각된다.

　류동회의 소설을 읽어본 독자라면 누구나 그가 진솔한 작가라는 것을 알 것이다. 소설이 가설이라고는 하지만 아무리 가설이라도 그 근본은 경험과 마음의 바탕에서 성립하지 않을 수 없다. 선을 표현하든 악을 표현하든 혹은 진실이든 거짓이든 그 바탕에는 작가의 마음이 깔려 있어야 하기 때문이다. 젊은 시절 그와 나는 밤이 새도록 술을 마시다가 아무도 걸어가지 않은 눈 내린 새벽길을 걸었던 적이 있었다. "형님, 우리가 이 세상에 첫발을 내 딛는군요" 하는 반은 독백처럼 말하던 그의 언어에서 세상은 참으로 아름답고 살만한 곳이고 비록 허름한 선술집에서 쫓겨나 새벽 칼바람을 맞으며 밥 한 숟가락 찾아 나선 길이었지만 그의 말 한마디에서 살아 있는 존재를 확인했고 우리가 살아갈 희망을 보았던 것이다. 실제로 그의 소설 속에는 이러한 존재의 소중함을 표현하는 언어들이 비늘처럼 번뜩인다. 간혹 비판적인 언어와 절망적인 언어가 표현되는 경우도 있지만 찬찬히 들여다보면 그 내면에는 결국 진실과 희망의 언어가 꿈틀거리고 있는 것이다.

　작품집에 실린 소설도 그렇지만 그의 생활 여정도 항상 '새로움'을 추구해 왔다. 그러면서도 옛것을 '고리타분' 하다고 버리는 것이 아니라 옛것의 바탕 위에 항상 새로운 변화를 추구해 왔다. 그래서 그의 문학과 인생에서 선비의 지조를 느끼며 개척자의 패기를 느낄 수 있다.

　"세상이 초록빛으로 물들면 초록으로 살고…….
　세상이 검정빛으로 물들면 검정으로 살고…….
　바람이 불면 그대로 바람을 맞이하자.
　그 바람이 세면 그로인해 고개를 숙이자.
　그러나 아주 쓰러지지는 말자."

「지구 끝에서」 일부 내용

세상을 유유자적하는 그의 이러한 언어는 아마도 젊었을 적 그가 심취해 온 노장(老莊)사상의 영향이 아닌가 생각한다. 그는 문학과 역사학뿐만 아니라 동양사상에도 심취되어 노자와 장자를 옆구리에 끼고 산천을 방랑하기도 했다. 자연에 순응하면서 자연을 따라가는 것이 결국 대자유이라는 것을 일깨워 준 것이다. 그러면서도 인간이기 때문에, 살아 있기 때문에 맹목적으로 순응할 수 없는 고뇌를 하고 있다. 그래서 그는 '그러나 아주 쓰러지지는 말자'고 하는 것이다.

내가 아는 바로는 그는 소설을 참 재미있게 쓴다. 물론 그의 소설은 기상천외한 소재로 엮어낸 것도 아니고 등장인물도 특출하게 뛰어나지도 않다. 그러나 이러한 평범한 소재와 조금은 모자란 듯 한 인물을 등장시켜 독자를 웃기기도 하고 울리기도 하며 분노케 하기도 하고 용서하게 하기도 한다. 이러한 소재들은 그의 주변에서 항상 일어났던 젊은 날의 그의 초상이 아닌가 생각된다. 아무것도 아닌 소재를 꺼내 좌중을 웃기고 울리며 툭툭 던지는 말 한마디로 촌철살인을 서슴지 않던 모습, 그의 소설 속에서도 어수룩한 인물이 오히려 똑똑한 인물을 골탕 먹이며 끝내는 반전되어 그 몫을 다하는 경우가 많다.

그의 소설 「다시 귀천」을 읽고 20년이 지난 세월의 추억을 주웠다. 「다시 귀천」은 작가의 자전적 소설이며 작가와 나의 이야기다. 그 당시 류동희와 내가 그리고 대부분 젊은이가 겪은 내용으로 지금 와서 되돌려보면 참으로 부끄럽고 감추고 싶은 자화상들이다. 그러나 작가는 부끄러운 일상의 이야기들을 재미있고 가슴 뭉클하게 전해 준다. 지나간 것은 항상 후회되고 아쉬움이 남는다. 그러나 그 일들을 다시 그리워하게끔 작가는 마력을 발휘하고 있다. 그저 그런 평범한 사람들의 이야기를 혼을 불어넣어 그리워하게 만드는 것도 류동희 소설의 매력이 아닌가 생각한다.

한때 우리는 소위 '오인방'이라는 클럽을 만들어 강릉의 거리를 수없이 방황했다. 그리고 그 방황의 중심에는 항상 류동희가 있었다. 문학과 술과 사랑이 그리워지던 시절, 이 작품을 읽으며 류동희가 왜 나에게 발문을 부탁했는지 짐작하고도 남을 것 같다. 지금 생각하면 부끄러운 자화상이지만 왜 자꾸만 그 시절로 회귀하고 싶은지, 그의 말대로 모든 것들은 지나간다. 그러나 그 이야기들은 지나가지 않고 싱싱하게 다시 살아나 이제는 너와 나의 이야기만 아닌 우리 모두의 이야기로 독자들에게 전달되고 있으니 이 얼마나 가슴 뭉클한가.

「금선암에서」 역시 제행무상과 제법무아로 귀결되는 불교적 색채가 짙다. 인연의 법칙이란 끊을 수도 피해 갈 수 없다는 사실을 그는 보여주고 있으며 이러한 사상에는 오랜 시절 그가 불교사상을 연구한 결과라 생각된다.

과학과 인터넷의 발달로 현대사회는 쏜살같이 변해가고 있다. 이러한 메커니즘의 발달로 인간의 심성은 더욱더 메말라 가고 문학의 위상도 그만큼 위축될 수밖에 없다. 그러나 어제가 있기에 오늘이 있고 오늘이 있기에 내일이 있듯 아무리 과학이 발달한다 하더라도 문학의 중요성은 적어지지 않을 것이다. 인간 내면의 본질을 이야기하고 지나간 시절을 되살려 새로운 이야기를 만들어 가는 류동희의 소설은 독자들의 가슴에 심금을 울려줄 것이다. 이 글을 쓰면서 필자도 새삼스럽게 옛 시절이 그리워지고 아무렇지도 않은 그저 그런 이야기들이 작가에 의해 소설화됨으로써 새로운 그리움에 젖어든다.

오랜 문학 수업 끝에 발표되는 류동희의 소설집에 둔필로써 사족을 달지 않았나 하는 미안함도 들지만 그의 소설집 출간을 축하하며 앞으로도 인간성 존중과 진솔한 언어로 쓰이는 그의 소설을 기대하는 바이다.